쓸 만한
놈이
나타났다

쓸 만한 놈이 나타났다

손병현 소설집

| 차례 |

민주유해자

홍철은 어두컴컴한 방 안에 앉아 있었다. 철 지난 선풍기처럼 웅크린 실루엣은 켜켜이 먼지가 쌓인 채로였다. 방바닥 신문지 위에는 소주 두 병과 마른오징어 한 마리 그리고 착화탄 두 개가 놓여 있었다. 홍철은 명상에라도 잠긴 듯 가늘고 긴 숨을 내쉬었다. 머릿속은 고요한 상태로 아무런 생각이 없었다. 그냥, 살 속의 기름이 녹아내리듯 지난 삶이 흘러내렸다. 막상 결단을 하고 보니 차라리 마음이 편안했다. 육신을 휘감고 있던 수많은 칡넝쿨에서 풀려난 것처럼 해방감마저 드는 것이었다. 홍철은 저도 모르게 쓴웃음이 흘러나왔다. 지금 이 순간 유일한 위안이 소주 한잔이라니 세상 참 별것 없구나 싶었다. 드르륵– 지난날의 목을 비틀듯 소주병을 돌려 땄다. 생의 미련을 부여 잡을 마땅한 아쉬움 하나 없다는 사실이 그저 허탈할 뿐이었다. 홍철은 어쩌면 아주 오래전부터 이미 이런 순간을 예견하고 있었는지도 몰랐다. 더 이상 감당할 수 없을 마지막 순간과 맞닥뜨릴 것이라는 사실을 숨죽여 기다리고 있었던 것이다. 유리컵 가득 소주를 따라서 죽들이켰다. 홍철은 어느 순간부터 자신이 무서웠다. 고통을 잊고자 술을 마시면 누군가 제 몸속에서 스멀스멀 기어 나왔다. 그것은 거울 속 제 모습인 것 같지만 실상은 과거로의 회귀를 인도하는 환영이었다. 홍철은 자신을 이끄는 길라잡이를 따라서 과거의 어느 시점으로 불려가곤 했다. 목줄이 차인 짐승처럼 시종 끌려다닌 홍철은 악몽의 어디쯤에서 소스라치게 놀라 깨어나곤 했다.

상무대 영창은 새내기 대학생 홍철의 영혼을 영원히 가두어 버렸다. 작은 화장실이 딸린 교실 크기의 그곳에 150명가량의 남자들이 수감되어 있었다. 총 6개의 영창에서 뿜어져 나오는 사람 열기는 그해 봄을 여름으로 기억하게 할 정도였다. 옆 사람과 살이 맞닿은 채 정좌 자세로 몇 시간씩 앉아 있다 보면 그대로 정신을 잃어버리기도 했다. 고개를 수그린 채 맨홀 속으로 빨려 들어가듯 정신이 빨려 들어가는 것이었다. 순번에 따라 이름이 호명되면 한 사람씩 불려 나갔다. 북한의 지령을 받았느냐? 김대중과 사전 모의 했느냐? 간단한 질문 끝에 혹독한 고문이 뒤따랐다. 아무런 저항도 하지 못한 채 몽둥이와 주먹을 맞아야 했고 알몸인 채로 얼차려를 받아야 했다. 매와 얼차려는 견딜 수 있었지만 수치와 치욕은 견디기 어려웠다. 홍철은 생각을 하지 않으려 머릿속을 깨끗이 비워 내는 연습을 했다. 생각이 깨어 있으면 미쳐 버릴지도 모른다는 본능적 염려 때문이었다. 다행인지 불행인지 홍철은 군홧발에 걷어차인 왼쪽 복숭아뼈에 금이 가서 퉁퉁 부어오르는 바람에 국군통합병원으로 이송돼 치료를 받고 일주일 만에 풀려날 수 있었다. 하지만 상무대에서의 그 일주일은 홍철의 뇌 속에서 칼로

도려내고 싶을 만큼 끔찍한 기억이었으며, 두고두고 남은 삶을 갉아 먹는 암 덩어리로 진화했다.

홍철은 진통제 세 알을 입 안에 털어 넣고 소주를 부어 삼켰다. 마지막 순간까지 진통제로 육신을 다스려야 견딜 수 있다는 사실이 그저 씁쓸할 뿐이었다. 홍철은 시시때때로 찾아드는 통증 때문에 값싼 진통제를 달고 살았다. 통증은 혹한의 눈보라처럼 사정없이 물어뜯었다. 살이 찢기고 뼈가 긁히는 느낌에 정신이 말라비틀어졌다. 의사는 고문 후유증 때문이라며 마땅한 처방을 하지 못했다. 하루하루 진통제로 버텨야 하는 홍철은 입에 침이 마르듯 살이 말라갔다. 장시간 집중이 불가능한 홍철은 다니던 대학마저 그만두어야 했다. 그렇다고 마냥 집안에 틀어박혀 있을 수 없었던 홍철은 먼 친척이 운영하는 자동차 공업사의 정비공으로 들어갔다. 수시로 진통제를 먹어야 했지만 그나마 몸을 부리는 일은 정신을 집중하는 일보다 견딜 만했다. 하지만 그곳도 오래 다닐 수는 없었다. 어느 날 공고를 막 졸업한 신참 정비공이 큰 실수를 했다. 핸들을 고정시키는 여섯 개의 나사를 조이지 않고 차를 출고시킨 것이었다. 대로변에 나가서야 핸들이 덜렁거린다는 사실을 발견한 여성 운전자는 사고라도 당한 듯 혼비백산한 얼굴로 다시 들어왔다. 반장은 다짜고짜 어린 정비공의 뺨을 후려쳤다. 정비공은 고개를 숙인 채 땅바닥만 쳐다봤다. 반장은 한 손으로 가느다란 정비공의 목을 움켜쥔 채 다른 한 손에 들린 멍키 스패너로 때릴 듯 위협을 가했다. 그 광경을 목격하던 홍철은 그만 욱ㅡ 구역질이 치밀어 올랐다. 그동안 애써 억누르고 있던 분노의 쇠사슬이 뚝 끊어지는 순간이었다. 홍철은 서도 모르게 방금 차에서 떼어 낸 낡은 소음기를 집어 들어 반장의 머리통을 후려쳤다. 자신을 향해 곤봉을 내려치던 공수부대원의 환영이 반장의 형상에 오버랩되면서 짓눌렸던 감정이 폭발한 것이었다. 반장은 기절한 채 바닥에 쓰러졌고 홍철은 제정신이 아닌 듯 한동안 멍하니 그렇게 서 있었다.

벽에 걸린 희뿌연 결혼사진을 바라보던 홍철은 눈물을 삼키듯 잔을 털어 마셨다. 잠깐이라도 기억하고 싶은 순간이 있다면 애잔한 결혼 생활이라고 할 수 있었다. 홍철은 자신이 결혼해서는 안 될 사람이라는 사실을 잘 알고 있었다. 자신도 자신이 무서운데 누군가에게 그 무서움을 전가시킨다는 것은 생각만으로도 끔찍한 일이었다. 아내는 여동생이 다니는 서점의 동료직원이었다. 서점에서 단짝이었던 둘은 종종 집에까지 놀러 와 시간을 보내곤 했다. 그쯤 홍철은 자동차 공업사에서 쫓겨난 후 집 안에 틀어박혀 있었고, 가족과도 몇 마디 나누지 않을 정도로 말수가 줄어 있었다. 홍철은 아내가 집에 오는 날이면 혹여 여동생에게 창피가 될까 문밖출입을 조심했다. 하지만 신실한 그리스노인이었던 아내는 그런 홍철을 전도 대상으로 삼았다. 아내는 마리아가 예수의 발에 향유를 붓고 자신의 머리털로 그 발을 닦았던 것처럼, 올 때마다 싱싱한 과일을 준비한 채 방문을 두드렸다. 그러면 그럴수록 홍철은 더욱 굳게 문을 닫아걸었다. 군홧발에 차였던 왼쪽 발목이 재발해 수술했지만 결국 절뚝이게 되었고 그 여파로 대인기피증까지 생긴 상태였다. 상황이 그렇다 보니 세상을 향한 울분과 분노가 부지불식간에 치밀어 올라 난폭한 모습을 드러내 보이곤 했다. 모두가 잠든 밤, 불현듯 화가 치밀어 오르면 알몸인 채로 온 동네가 떠나가라 악을 질러 대며 마당을 뒹굴었다. 아무도 말리지 못할 그 광기는 눈 안의 불처럼 이글이글 타오르는 것이었다. 가족들은 그런 홍철을 두려운 듯 바라만 볼 뿐이었다. 무연히 바라보는 가족들의 시선에는 밀어낼 수도 그렇다고 껴안을 수도 없는 피붙이로서의 복잡한 비애가 깃들어 있었다. 그런 가족들에게 아내는 구세주나 다름없었다. 가족들은 협잡하듯 결혼을 부추겼다. 홍철은 더 이상 집안에서 버티지 못할 것이라는, 더 이상 버텼다가는 혈육 간의 참상을 맞이하고 말 것이라는 사실을 똑똑히 알고 있었다. 그러던 찰나 보상이 이루어졌다. 군대가 도시를 휩쓸고 간 지 꼬박 10년 만이었다. 호프만 방식으로 계산된 보상은 작은 한옥의 전셋집을 마련할 수 있을 정도였다. 홍철은 죄짓는 짓인 줄 알면서 아내를 따라 교회에 나갔다. 홍철은 어쩔 수 없이 선택한 결과였지만 아내는 하나님의 뜻으로 받아들였다. 한 영혼을 구원했다는 믿음으로 눈물을 흘리는 아내를 바라보면서 홍철은 진정 하나님이 계시다면 지금 당장 이 가련한 여인을 자신에게서 데려가 달라고 빌고 또 빌었다.

거울은 우중충한 홍철의 얼굴처럼 부옇게 때가 껴 있었다. 방 한쪽 구석의 비스듬히 세워진 거울 속에 웅크린 홍철이 들앉아 있었다. 살짝 고개가 기운 부스스한 얼굴의 공허한 눈빛이었다. 늘 똑같은 회색 옷을 입고 있는 홍철의 얼굴 거죽은 오래전 죽은 사람의 그것과 다름없었다. 홍철은 담배를 피워 물었다. 천천히 아주 오랫동안 들이마셨다 길게 내뱉었다. 후― 뿜어지는 연기 속에 이미 생을 마감한 구속부상사회 동료들의 얼굴이 얼비쳤다. 지금까지 스스로 생을 마감한 숫자가 얼추 50여 명이었다. 한때는 투사였지만 생을 마감하는 순간에는 세상으로부터 단절된 부랑자일 뿐이었다. 동지들은 정신과 치료를 받거나 배우자의 도움으로 겨우 연명하다 스스로 구차한 생을 마감했다. 왜 이렇게 되어 버렸을까. 서로들 만나면 마주하기가 거북할 정도로 우울한 낯빛을 달고 있었다. 한때는 피다 지고 만 꽃을 다시 피워 보겠노라 수많은 집회에 앞장섰지만 이제는 된서리에 꺾어진 꽃 모가지처럼 힘없이 주저앉은 상태였다. 세상을 향해 외치던 함성은 이제 이명처럼 귓속을 괴롭힐 뿐 더 이상 바람이 되어 날아오르지 못했다. 세상을 향해 외치면 외칠수록 세상과 멀어지는 고독 속에서 하나둘 화석이 되어 갔다. 해마다 오월 행사는 거창했지만 가슴속 슬픔과 분노는 씻어지지 않았다. 여기저기 휘돌다 결국 메아리로 되돌아오는 외침은 차곡차곡 가슴속 절망으로 쌓였다. 세상의 변화를 위해 앞장섰지만 정작 남은 것은 불편한 육신과 피폐한 정신 그리고 가난뿐이었다. 폭도와 빨갱이라는 꼬리표는 훈장처럼 따라붙는 찬사였다. 세상의 바리케이드는 갈수록 좁혀 들었고 그러는 사이 동지들은 하나둘 열사들 곁으로 떠났다. 아무도 비겁하다고 하지 않았지만 동지들은 스스로 죄인의 굴레를 덧씌웠다. 죽어 가는 사람을 외면한 채 구차하게 건진 목숨은 이미 산목숨이 아니었다. 살아남았다는 것은 안도가 아니라 형벌이었다. 홍철은 살아남은 자의 덫에 걸릴 때면 달리는 차에 뛰어들고 싶은 충동이 불현듯 솟구치곤 했다. 그 죽어 가는 찰나의 무연하고 선한 눈망울을 도저히 떨쳐 낼 수가 없었던 것이다.

부르르 부르르– 전화기가 몸을 떨었다. 홍철에게 걸려 올 전화라고는 없었다. 드물게 걸려 오는 전화도 광고일 경우가 대부분이었다. 홍철은 아직까지 투지 폴더폰을 사용하고 있었다. 투지 폴더폰으로도 홍철의 관계는 충분히 커버되고도 남았다. 아무런 기대가 없는 손동작으로 덮개를 열자 회사 번호가 눈에 들어왔다. 홍철은 열었던 덮개를 다시 닫고 담배를 피워 물었다. 곧이어 부르르– 문자가 들어왔다. '정씨! 오늘도 제끼는 거야? 제발 좀 그만둬라 부탁이다.' 택시의 입출고를 담당하고 있는 사무장이었다. 홍철은 종종 일을 나가지 못한 채 제 돈으로 사납금을 채워 넣었다. 그만큼 회사는 수입금이 줄어드는 형국이어서 못마땅할 수밖에 없었다. 갑자기 찾아온 통증에 시달리다 보면 도저히 운전대를 잡을 수 없을 정도로 몸 상태는 좋지 않았다.

결혼한 홍철은 아내의 소개로 책 배달을 했다. 책 도매점에서 작은 서점으로 책을 배달해 주고 다시 재고를 거둬들이는 일이었다. 책은 삶의 무게만큼이나 버거웠다. 불편한 왼쪽 다리에 자꾸 무리가 갔다. 그래서 오른쪽 다리에 힘을 실었더니 오른쪽 다리마저 관절에 이상이 생겼다. 홍철은 그만둘 수밖에 없었다. 아픈 다리도 문제였지만 정작 견디기 어려운 것은 사람들의 불편한 시선이었다. 늘 사람들 눈을 피한 채 말없이 배달만 하는 홍철을 사람들은 탐탁잖게 생각했다. 군홧발 아래 엎드린 채 개처럼 두들겨 맞던 그 순간 홍철은 사람으로서의 자존감을 잃어버렸다. 동등한 입장에서 사람을 쳐다볼 수 없는 홍철은 사람 대하기가 불안하고 두려웠다. 거래처 직원들은 홍철이 가면 서로들 대면하기를 꺼렸다. "오일팔 때 맞아서 저렇게 됐다잖아" 수군거리는 소리가 황급히 빠져나오는 홍철의 뒷덜미를 물어뜯었다. 홍철은 아내 때문에라도 더 이상 책 배달을 할 수 없었다. 아내는 서점 직원들 사이에서 남편 잘못 만난 불쌍한 여자로 불리었다. 아내는 불쌍한 여자가 맞았다. 하지만 사람들이 추측하는 그런 불쌍한 여자는 아니었다. 정작 아내가 불쌍한 이유는 홍철의 삭아 들지 않는 분노 때문이었다.

다음으로 선택한 일이 신문 배달이었다. 최대한 사람을 대면하지 않으면서 할 수 있는 직업이 무엇일까 궁리한 끝에 찾아낸 일이었다. 홍철에게 신문 배달은 최적이었다. 도시가 깨어나기 전 조용히 배달을 끝내고 들어와 죽은 듯 곯아떨어지면 하루가 갔다. 사람들이 잠잘 때 깨어 있고 깨어 있을 때 잠을 잤다. 마치 유령처럼 살아가는 삶에 홍철은 안도했다. 하지만 계속해서 오르내려야 하는 계단은 간절한 아내의 기도 소리처럼 괴로운 것이었다. 건물의 계단을 수없이 오르내려야 했던 홍철은 더 강한 진통제가 필요했고, 급기야 병원에서 모르핀 주사약을 처방받았다. 하지만 그것도 내성이 길러지면서 하루에 한 번 맞던 것을 네 번까지 늘려야했다. 계속 찔러 대는 주삿바늘에 엉덩이는 너덜너덜했고, 잠재된 약 기운 때문에 정신은 몽롱했다. 살아 있어도 살아 있는 것 같지 않은 가수면 상태의 기분은 참으로 더러운 것이었다.

홍철이 마지막으로 택한 직업은 택시 기사였다. 앉아서 할 수 있는 일이었고, 브레이크와 가속 페달을 옮겨 밟는 오른쪽 다리만 사용하면 되었다. 그리고 마스크를 쓰면 손님들과 대화를 최소화할 수 있었다. 홍철은 일부러 잔잔한 음악을 틀어 놓고 택시를 운행했다. 음악이 틀어져 있으면 말을 걸려던 손님도 음악에 젖어 들곤 했다. 하지만 우연찮게 태운 손님이 자신을 알아보는 경우도 있었다. 눈썰미 좋은 학교 동창들은 마스크 밖으로 드러난 얼굴과 눈빛만으로도 홍철을 알아봤다. "야, 너 홍철이 아니냐? 오일팔 민주유공자가 택시가 뭔 말이냐?"라거나 "홍철이 너 오일팔 때 부상당해가꼬 연금 받음시롱 잘 산다는 소문 있던만 이것이 어찌된 일이냐?" 소리로 반가움을 표시했다. 하지만 홍철은 그들이 하나도 반갑지 않았다. 홍철은 민주유공자가 맞지만 연금도 그 어떤 후원금도 받지 않는, 그저 먹고살기 위해 아픈 몸을 움직이는 택시 기사일 뿐이었다. 수많은 보수 단체에서 5·18구속부상자나 유가족 앞으로 연금과 각종 이권이 부여되고 있는 것처럼 가짜 뉴스를 퍼뜨리고 있었다. 홍철은 정부로부터 5·18민주유공자증을 받았다. 하지만 자신이 유공자라는 사실을 떠올릴 때마다 그 옛날 남루한 차림으로 상가에 찾아들어 구걸하거나 갈취를 일삼던 상이군인이 생각났다. 그들도 나라를 위해서 목숨 걸고 싸웠을 테지만 국가가 외면하자 부랑자의 모습으로 서민들을 괴롭히다 종당에는 기피 대상으로까지 전락하고 말았던 것이다. 수많은 5·18구속부상자들이 당시의 상이군인처럼 주변인과 가족의 피를 빨며 사회의 기생충처럼 살아가고 있었다. 세상과 단절한 채 살아가는 구속부상자들 중에는 기초생활수급자로 겨우 연명하는 경우도 많았다. 그러다 마지막은 쓸쓸한 죽음이었다. 택시에 탔던 동창들은 적선하듯 지갑을 털어 던져 놓고 후다닥 내리곤 했다. 먹다 버린 감자처럼 덩그러니 던져진 그것을 바라보는 홍철은 그저 쓸쓸할 뿐이었다. 민주유공자가 적선의 대상이라니 허―허― 실소가 터져 나오는 것이었다.

홍철은 옷장 문을 열고 단벌 양복을 꺼내 입었다. 벌써 30년이나 지난 양복이었지만 입을 기회가 없어 새것이나 다름없었다. 홍철은 행여 좀이나 슬지 않을까 매년 꺼내서 볕을 쬐고 드라이를 맡겼다. 처 갓집으로부터 결혼 예복으로 받은 양복은 아내나 다름없었다. 골동품 처럼 진귀한 풍미까지 자아내는 양복은 홍철을 그 옛날 다시 새신랑 으로 보이게 했다. 단정하게 양복으로 갈아입은 홍철은 아내의 얼굴 을 떠올렸다. 생각만으로도 마음이 아려오는 아내는 오뚝이처럼 생기 발랄하고 긍정적인 사람이었다. 홍철의 수없는 가학을 견디면서도 언 제나 깨끗한 얼굴로 다시 일어서곤 했다. 홍철은 마지막 순간을 양복 을 입고 맞이하리라 오래전부터 생각했었다. 가장 슬펐지만 가장 기 쁘기도 했던 결혼식처럼 그렇게 입장하고 싶었다. 홍철은 결혼식 내 내 땀을 뻘뻘 흘렸다. 양복은 갑옷처럼 딱딱했고 두 다리는 돌덩이처 럼 무거웠다. 나 살자고 한 여자를 구렁텅이로 몰아가는구나. 짓누르 는 죄책감 때문에 결혼식이 장례식처럼 느껴졌다. 신혼여행 첫날밤, 경주의 한 여관에서 홍철은 잠든 아내의 얼굴을 물끄러미 바라보며 뜬눈으로 밤을 새웠다. 아내는 아주 편안한 얼굴로 두 팔을 위로 뻗은 채 만세 자세로 잠들어 있었다. 차라리 이 여자를 지금 목 졸라 죽여 버리는 편이 앞으로 당할 끔찍함에 비해 덜 괴로울 것인가. 홍철은 자 신도 모르게 눈물을 주르르 흘렸다. 홍철의 걱정처럼 아내의 불행은 당장 찾아들었다. 수시로 찾아드는 고통을 잠재우기 위해 홍철은 진 통제와 함께 강소주를 들이켰다. 뱀의 혀처럼 몸속으로 술기운이 퍼 지면 스멀스멀 기지개를 켜듯 움츠려 있던 괴물이 고개를 쳐들었다. 어떤 무서운 짓도 서슴지 않을 흉측한 몰골의 괴물을 마주한 아내는 어린아이처럼 작아진 채 벌벌 떨기만 했다. 혼잣말처럼 쌍소리를 해 대며 옷을 찢어발기는 괴물은 급기야 유리병을 깨서 제 몸에 자해를 해 대는 것이었다. 아내는 오돌오돌 떨어 대며 하염없이 눈물을 흘렸다. 어쩔 때는 선 채로 오줌을 싸기도 했다. 그렇게 온 집 안을 휘젓던 괴물은 급기야 쫓기는 개처럼 구석지에 처박혀 살려 달라고 두 손을 삭삭 비벼대는 것이었다. 아내는 그런 괴물 앞에 무릎을 꿇은 채 "주여! 이 가련한 영혼을 구원하소서." 눈물의 기도를 드리는 것이었다.

홍철이 새로이 담배 한 개비를 피워 물었을 때 부르르- 문자 한 통이 들어왔다. 또 한 명의 동지가 임대 아파트 화단으로 떨어져 내렸다는 부고였다. 홍철은 휴- 깊은숨을 내쉬었다. 아파트 베란다를 밟고 올라서는 그 길이 얼마나 멀고 힘들었을까. 필시 그도 술의 힘을 빌렸을 것이었다. 베란다로 떨어져 내린 그는 살아남은 자의 형벌 때문에 환청을 앓고 있었다. 옆집에서 총소리가 들린다며 여러 차례 흉기로 위협해 몇 차례 구속까지 됐었다. 민주유공자에서 민주유해자로 돌변한 그는 주변인들을 수없이 괴롭히다 끝내 자신을 죽이는 방법을 선택했다. 자신이 죽지 않는 한 그 트라우마에서 벗어나지 못하리라는 사실을 그는 잘 알고 있었던 것이다.

홍철은 동물의 왕국에서 상처 입은 가젤이 스스로 그 고통을 끝내기 위해 사자 앞으로 천천히 걸어 나가서 잡아먹히는 광경을 본 적이 있다. 무리에서 떨어져 나온 가젤은 한참을 그렇게 물끄러미 무리를 바라보다 사자 앞으로 담담히 걸어갔다. 홍철은 그 상처 입은 가젤의 최후를 바라보면서 눈물을 흘렸다. 짐스럽지 않게 정직하게 소멸하는

구나. 마음속으로 박수를 보냈다. 홍철은 어느 순간부터 그 가젤을 동경했다. 홍철은 상무대 영창에서 마주한 그 꺼져 가는 눈빛 때문에 살아 있어도 산목숨이 아니었다. 부지불식간에 찾아드는 그 투명한 눈빛은 온몸을 결박하듯 순간 얼어붙게 만들었다. 그것은 꼭 잠잘 때만 나타나는 것이 아니어서 무연한 일상 중에도 교통사고처럼 찾아들었다. 그렇게 한 번 진저리를 치고 나면 구겨진 종이처럼 마음이 우그러든 채 한동안 정신을 차리지 못했다. 그 눈빛은 끝까지 저항하지 못한 채 나는 살아남았다는 자책이 되어 야금야금 정신을 파먹었다.

홍철을 그러잡고 놓아주지 않는 그 무연한 눈빛의 주인공은 상무대 영창 안에 같이 수감되었던 '우정'이었다. 홍철 또래의 가무잡잡한 우정은 앞줄에서 좌측으로 두 번째 앉아 있었다. 오른쪽 손등에 새겨진 조잡한 글씨체의 '우정'은 보기만 해도 웃음이 나오는 것이었다. 친구들끼리 바늘로 잉크를 찍어 새긴 듯 촌스런 우정 문신은 묘한 기시감을 자아내기도 했다. 찾아보면 홍철의 몸 어디에도 똑같은 우정 문신이 새겨져 있을 것만 같은 그런 친근함까지 느껴지는 것이었다. 우정이 고개를 처박았다 다시 일으켜 세우기를 서너 차례 반복하고 있었다. 졸고 있는 것이었다. 불려 나갔다 돌아오지 않으면 죽은 것으로 치부하는 살벌한 분위기 속에서 존다는 것은 죽겠다는 것이나 마찬가지였다. 그러다 크르륵— 코까지 골고 말았다. 영창 밖에서 보초를 서던 군인이 살금살금 기어들어 오는가 싶더니 군홧발을 치켜들어 힘껏 머리를 내리밟았다. 퍽— 바닥에 머리가 밟힌 우정은 홍철과 눈이 마주쳤다. 묘한 평안이 깃든 투명한 우정의 눈빛은 홍철의 눈 속으로 쑥 빨려 들더니 그대로 꺼져 버렸다. 군홧발에 목이 부러진 우정은 그 순간 절명하고 말았던 것이다. 홍철은 그 광경을 목격하고도 꿈쩍하지 못한 채 계속 정좌 자세로 앉아 있었다. 홍철뿐만 아니라 그 누구도 찍소리 한마디 못한 채 주검을 목도할 뿐이었다. 홍철은 자신을 바라보고 있는 우정의 눈을 떨쳐 내려 스스로 눈을 감아 버렸다. 온몸의 땀구멍에서 눈물 같은 땀이 줄줄 흘러나왔다.

홍철은 청테이프를 풀어서 현관문 틈새부터 막기 시작했다. 방 한 칸짜리 다세대 주택은 현관문과 미닫이 창문만이 바깥세상과의 유일한 통로였다. 이제 그 마지막 통로를 차단하려 했다. 그동안 참 오랫동안 버텼다 싶었다. 주변의 도움 없이는 불가능한 일이었다. 반면 또 그만큼 주변인들을 귀찮게 했다는 소리였다. 연기가 빠져나가지 않고 홍철이 다 마시려면 꼼꼼히 붙여야 했다. 마지막까지 민폐를 끼친다고 생각하니 마음이 편치 않았다. 인적 드문 곳에 버려질까 싶기도 했지만 그럴 수 없는 사정이 있었다. 집주인 할머니께는 미안하지만 집에서 끝낼 수밖에 없었다.

홍철은 가끔 자신이 시위에 참가하지 않았더라면 어땠을까 되돌아보곤 했다. 남들처럼 행복하게 살고 있을까 아니면 방관자의 심정으로 죄책감에 시달리며 살고 있을까. 홍철이 시위에 참가한 것은 순전히 깃발 든 여자 때문이었다. 홍철의 기억 속에 깃발 든 여자는 한밤중 연못 속에 떠오르는 달처럼 아주 선명한 것이었다. 최루탄이 난무하는 흙탕물 같은 도심 시위 현장에서 하얀 깃발은 한밤중 십자처럼 불을 밝히고 있었다.

홍철은 대인시장에서 식료품 도매점을 운영하고 있는 아버지의 심

부름으로 자전거를 단 채 소금 배달을 다녀오던 중이었다. 빈 자전거를 끌고 충장로를 지나던 홍철은 막대기 끝에 흰 천을 묶어 흔들어 대는 중년 여자를 보았다. 키가 큰 마른 체형의 여자가 뭐라고 외치며 깃발을 흔들었고 그 뒤로 수많은 사람들이 열 지어 따르고 있었다. 사뭇 기이한 광경에 홍철은 자전거 페달을 굴려 가까이 가 보았다. "여러분! 지금 수많은 시민들이 병상에서 피를 흘리며 죽어 가고 있습니다. 우리들의 피가 그들의 생명을 살릴 수 있습니다. 헌혈을 하실 분들은 지금 제 뒤를 따라 주십시오. 우리는 지금 광주기독교병원으로 가고 있습니다." 어느 소설가의 부인이라는 여자는 온전히 제 한 몸으로 거대한 파도를 일으키고 있었다. 감정이 싹 가신 비장감마저 감도는 여자의 낯빛은 강철처럼 단단한 의지만이 빛나고 있어서 그 어떤 삿된 기운이 범접하지 못할 정도였다.

홍철은 회오리바람에 휩쓸리듯 여자의 성난 파도 속으로 뛰어들었다. 마치 불길 속에 뛰어든 것처럼 온몸이 뜨거워진 홍철은 활활 타오르듯 대열을 따라서 기독교병원으로 향했다. 눈으로 확인한 기독교병원의 참상은 이루 말할 수 없었다. 수많은 시체와 부상자들이 병원 복도와 침상에 뒤섞여 그야말로 아비규환이었다. 홍철은 수많은 사람들과 나란히 누워 피를 뽑았다. 애써 외면했거나 관심 없어 했던 광주의 참상이 뽑아지는 피처럼 심장을 뛰게 했다. 홍철은 특별한 신념이나 의협심도 없었지만 피를 뽑고 나자 마음이 달라졌다. 타고 온 자전거를 버려둔 채 곧바로 시위대에 합류했다. 분명 몸 안의 피는 빨려 나갔지만 혈기는 치솟는 기분이었다. 지금껏 온순하기만 했던 홍철은 시위대 틈바구니에서 목이 찢어져라 구호를 외치며 돌을 집어던졌다.

그동안 잠자고 있던 이성이 깨어난 것인지 아니면 이성을 잃어버린 것인지 알 수 없었다. 서로 대결한다는 것이 무서워서 친구들과도 한 번 싸워 본 적이 없는 홍철은 어느새 시위대 맨 앞줄에 서 있었다. 기독교병원 옆 침상에서 나란히 피를 뽑던 여고생이 공수부대원에게 붙잡혀 발길로 걷어차이고 있었다. 홍철은 개머리판으로 여고생의 머리를 내려치려는 공수부대원의 허리를 붙잡고 뒹굴었다. 옆에서 달려온 공수부대원까지 두 명에게 둘러싸인 홍철은 개처럼 짓밟혔다. 무수히 내리꽂히는 곤봉과 군홧발에 홍철은 까무룩 기절하고 말았다.

창문까지 꼼꼼히 테이프를 바른 홍철은 싱크대 찬장을 열었다. 싱크대 찬장에는 아내가 사용하던 냄비가 들어 있었다. 아내의 손때가 묻은 냄비를 마주하자 가슴이 먹먹했다. 치밀어 오르는 회한에 목이 멘 홍철은 이빨을 꽉 깨물었다. 냄비 바닥으로 눈물이 뚝뚝 떨어져 내렸다. 홍철은 냄비를 그러안은 채 한동안 숨죽여 흐느꼈다. 늘 그랬던 것처럼 아내가 울지 마라 등을 다독여 주는 것 같았다. 홍철은 흐르는 눈물을 닦아 내며 냄비 속으로 착화단을 집어넣었다. 아내와 마주 앉아 냄비 속 찌개를 떠먹던 기억이 떠올랐다. 소고기 한 번 제대로 사 준 적이 없지만 아내는 늘 명랑했다. 홍철은 또 한 잔 소주를 따라서 죽 들이켜고 오징어 다리를 씹었다. 오징어 다리 하나도 버거운 썩은 어금니 같은 인생이었다. 홍철은 연거푸 술잔을 기울였다. 술이 취해야 깨지 않고 숙면한 채로 갈 수 있을 것이었다. 세상에 아무런 미련이 없듯이 가는 길도 그렇게 평안하고 싶었다. 한때는 불의에 저항했다는 자부심과 긍지를 아편처럼 스스로에게 부여했다. 하지만 아편은 말 그대로 단방약일 뿐 종당에는 더 큰 비참한 최후를 맞이하기 마련이었다.

세상의 밑불이기를 바라는 심정으로 협회 사무실에 자주 얼굴을 비쳤다. 협회 사무실 풍경은 늘 비슷했다. 그늘진 얼굴들끼리 모여서 옛날 얘기를 하거나 어느 단체에 힘을 보태자는 의논이었다. 그날도 홍철은 우두커니 앉았다 점심때가 되어 끓여 내는 라면 몇 가닥을 빨아 마셨다. 나가서 사 먹을 형편도 안 되고 그렇다고 굶을 수도 없기에 라면이나 국수로 그냥저냥 점심을 때우는 식이었다. 그러던 중 시비가 시작되었다. 동지 중 한 명이 수익금은 어쩌고 허구한 날 팅팅 불어 터진 밀가루나 퍼 먹이는 것이냐며 투덜거렸다. 하지만 아무도 대꾸하지 않았다. 대꾸할 거리도 안 되었지만 대꾸할 힘도 없는 것이었다. 하지만 한 번 말을 꺼낸 동지는 기어이 답변을 듣겠다는 심정으로 목소리를 높여 다른 불만까지 토로하기 시작했다. 그러자 임원인 다른 동지가 자판기 몇 대에서 거둬들이는 수익이 얼마나 되기에 밥을 사 먹자는 것이냐며 한마디 쏘아붙였다. 협회에서는 공공 시설물에 자판기 몇 대를 들여놓고 그 수익금으로 자체 경비를 사용하고 있었다. 보나 마나 간사 급여도 간신히 챙겨 줄 수 있는 정도였다. 하지만 신경이 날카로워진 두 동지는 급기야 쌍소리를 질러 대며 멱살을 잡기에까지 이르렀다. 그러면서 테이블이 밀렸고 대접의 라면 국물이 홍철의 허벅지 위로 쏟아졌다. 욕이라도 얻어들은 듯 홍철은 쏟아진 라면 국물에 화들짝 얼굴이 붉어지고 말았다. 낡은 소파처럼 우두커니 앉았던 홍철은 벌떡 일어나서 상을 들어 엎어 버렸다. 겨우 동전 몇 푼 거둬들이는 수입으로 라면이나 몇 가닥 빨아 먹는 처지에 멱살

잡이까지 한다는 것은 너무 처절한 것이었다. "이럴 바에는 운동이고 뭐고 다 집어치우고 각자 호구지책이나 책임집시다. 그만 때려치우잔 말이요" 협회 사무실은 여덟 개의 대접에서 쏟아진 라면 가닥으로 난장판이 되었고, 모두들 막장의 인부처럼 쭈그려 앉은 채 말이 없었다. 그 푸르던 의기는 전부 어디로 잃어버리고 잔돈푼에 핏대를 세우는 쭉정이들로 변해 버렸는지 세월이 한스럽기만 할 뿐이었다. 사무실은 그렇게 한동안 벌판의 눈보라 속에 놓여 있었다.

홍철은 늙은이들처럼 먼산바라기를 하고 앉았는 동지들을 향해 허리를 숙여 작별 인사를 건넸다. 아무도 잡지 않았고 아무도 잘 가라 인사를 건네지 않았다. 그것이 동지들과의 마지막이었다. 절뚝이는 다리를 끌고 협회 사무실을 걸어 나오는 홍철은 간이라도 떼어낸 듯 한없이 허수하고 서러워서 건물 기둥을 붙잡은 채 한참을 그렇게 꺼이꺼이 울음을 토하고 말았다.

홍철은 탁- 라이터를 켰다. 파란 불꽃이 피어올랐다. 조금 전 소주와 함께 삼킨 수면제가 가물가물 꿈속으로 이끌었다. 흔들리는 불꽃 속에 아내의 기도하는 모습이 얼비쳤다. 아내는 홍철을 위해 평생을 기도했다. 그리고 어제야 비로소 하나님은 아내의 기도에 응답했다. 퇴근 후 TV를 켜 놓은 채 저녁을 먹던 홍철은 그대로 밥상을 때려 엎었다. TV 화면에 비친 군인들의 훈련 장면이 화근이었다. 군홧발 아래서 개처럼 굴복했던 그날의 환영에 사로잡힌 홍철은 주체할 수 없는 복수심 때문에 눈이 돌아갔다. 잠자던 괴물이 깨어난 것이었다. 옆에서 빨래를 개고 있던 아내는 새파랗게 질린 얼굴로 놀란 가슴을 움

거쥐있다. 홍철은 십어 늘 뭔가를 찾다 아내가 사용하고 세워 둔 다리미를 발견했다. TV에서는 총을 멘 군인들의 열병식이 거행되고 있었다. 다리미를 집어 든 홍철은 TV를 향해 힘껏 내던졌다. 퍽, TV 브라운관이 깨지면서 조각난 영상들이 지지지— 소리와 함께 춤을 췄다. 가일층 흥분한 홍철은 또 집어 던질 뭔가를 찾았다. 핏발 선 홍철의 눈에 띈 것은 목침이었다. 두통에 시달리는 홍철이 치료용으로 베고 자는 것이었다. 홍철은 악귀의 손아귀처럼 목침을 꽉 움켜쥐었다. 깨진 TV 브라운관은 계속해서 지지지— 소리와 함께 현란한 춤을 췄다. 그것을 완전히 부숴 버릴 심산으로 목침을 높이 치켜들었을 때, 와락 달려든 아내가 홍철의 다리를 붙잡았다. "예수 그리스도의 이름으로 선포하노니, 내 남편의 몸속에 있는 마귀 사탄은 묶임 받고 썩 물러갈지어다" 순간 홍철은 손에 들었던 목침으로 아내의 머리를 힘껏 내리쳤다. 퍽—퍽—퍽—, 아내의 머리가 TV 브라운관이라도 되는 듯 정신없이 내려치던 홍철은 한순간 손에서 힘이 쑥 빠져나갔다. 홍철의 다리를 붙잡았던 아내의 손이 스르르 풀리는가 싶더니 방바닥으로 힘없이 쓰러져 내린 것이었다. 뭉개진 아내의 머리에서 장미처럼 붉은 피가 천천히 흘러나왔다. 방바닥에 주저앉은 홍철의 엉덩이로 아내의 뜨듯한 피가 잦아드는 숨결처럼 젖어 들었다. 아내는 그렇게 머리가 깨진 참혹한 모습으로 이틀째 방바닥에 누워 있었다. 홍철은 그 이틀 동안 우두커니 아내의 곁에 앉아 있었다.

　모든 것이 끝나 버린 듯 아무런 감정이 없었다. 유일하게 생각나는 것은 동물의 왕국 속 가젤이었다. 상처 입은 가젤처럼 일찍 용기를 내지 못한 자신이 한없이 원망스러울 뿐이었다. 홍철은 피로 물든 아내의 얼굴을 한 번 쳐다본 후 착화탄에 불을 갖다 댔다. 지지지— 연기와 함께 불꽃이 튀었다. 이제 비로소 모든 것이 소멸될 시간이었다. 홍철 은 수첩 속에서 민주유공자증을 꺼내들었다. 그만 화인과도 같은 민 주유공자증을 반납하고 싶었다. 평생 민주유공자가 아니라 민주유해 자로 살아온 지난날이 아쉽고 부끄러웠다. 홍철 안에 똬리를 튼 괴물 도 불길 속에서 함께 사그라질 것이었다. 불길 속에 던져진 민주유공 자증은 화르르— 이글거리며 타올랐다. 가물가물 밀물처럼 잠이 몰려 왔다. 홍철은 천천히 기어서 아내의 곁에 누웠다. 매캐한 연기가 콧속 을 파고들었다.

* 이 소설은 2020년 8월. 정읍 〈고택체험관〉에서 창작되었습니다.

배고픈 다리 밑에서 홍탁

참말로 눈도 실허게도 퍼붓소. 처녀 옷고름 풀리드끼 아시시 떨어져 내리는 작태가 금매 아짐씨 오줌 지리겠소. 모르지라 나도 살째기 지려 브렀는지. 이참에 오줌소태 막힌 구멍이나 씨언허니 뚫래 브렀으믄 쓰겄소. 금매 밤이고 낮이고 콱—콱— 뚫어 줄 서방 놈이 있으믄 먼 걱정이것소. 쪼까 거시기 헌 소리지만 거그 문 닫고 산 지 오래되았소. 멋이 더 알고 잪아서 귓구녕을 쫑긋 세우고 난리요. 쇠통 채운 지 오래되았당께. 모다 집이 안방에 모셔 둔 이녁 대문덜 한 번이나 더 열어 드리고 너무 대문은 고만 뽀작거리쇼덜. 벌이 설이라는디 나댕기는 인사들이 제법 있소. 묵고살라고 그나저나 애덜 쓰요. 새끼덜 까장 딸리믄 코뚜레 걸린 짐생이나 매한가지 아니겄소. 아닌 말로다가 짠헐 때가 한두 번이 아니요. 보믄 알 것지만 웃고 다니는 낯바닥 맻이나 됩디여. 낯바닥인지 방바닥인지 시멘트 회반죽으로 미장질이 돼 브러갔고 백돌짝맹키로 어디 쓰것습디여. 목구멍 건사허기가 무작무작 더 에러와 진께로 산다는 것이 근천시럴 정도요. 무담시 너무 낮

바닥까장 들먹임서 오시랍을 떨었는갑소. 그믐날 저녁인디 누가 오겄 다고 전방 문을 열어 놓고 목을 빼고 청승인지 나도 내 창시를 모리것 소. 홍어 장시 30년 넘어 남은 것이라고는 녹아 없어진 애간장밲이 없 소. 홍어 앳국이 내 뭉그러진 속국이다, 생각허믄 틀림없을 것이요.

아심찬해서 고샅을 좀 씰어야 헐랑갑소. 옴서 감서 미끄라져 대그 빡 바사지믄 내 대그빡은 아니라도 고상허고 돈 들어갈 것 아니것소. 얼룩덜룩 나일론 빗자루를 들었소만 영 심 폴리고 정나미도 없소. 쑤 싯대 빗지락이나 대 빗지락이 좋기는 허요만은 요새 눈에 봬야 말이 지라. 부삭 씰던 몽당 빗지락이 정은 많이 갑디다. 부삭 앞이서 따땃 허니 깜박 졸다가 끄니라도 태워 묵은 날이믄, 오살헐년 잠에 허천 부 아병 났냐 이년아 저년을 잘근잘근 씹어서 생케 돌래블믄 내 속이 개 안허겄네이, 어쩌고 험서 빗지락 몽댕이로 울 엄니 내 등짝을 후려쳤 응께. 정이 들만도 안 허요. 포도시 나 전방 앞이 뱀이는 못 씰것소. 심도 폴리고 빗지락도 션찮어서 갱신히 숭내만 내요. 간판 욱에도 좀 씰었으믄 좋것소만 넘덜이 벨나다고 헐까 싶응께 작파헐라요. '배고픈 다리 밑에서 홍탁' 우째 간판명은 맘에 드요? 나가 맹글었어도 참말로 잘 맹글었다 싶소. 누구는 그럽디다 넘이 업어갈까 무성께 특허청에 상표 등록을 내 번지라고. 무담시 웃끼니라고 혀 본 소리요. 누가 들 으믄 달밤에 미친년 널뛰고 자빠졌다고 숭보것소. 빈말이 아니라 간 판 보고 발들이는 손님들도 더러 있기는 허요. '고향이 거그요?' 물 으믄 '야, 그 짝이요' 허고 말지라. 배고픈 다리는 실지로 있는 다링께 역 실로 물어들 보요. 거그, 학동에서 무등산으로 가는 길목에 배고픈 다리라고 있소. 뭣 땀시 그라고 불렀는지 설이야 많소만은 모다 군더더기 찌끄래기고 '배고픈 다리' 딱 그 한마디믄 되얏소. 나사 걱서 살기는 좀 살았소만, 거그 생각만 허믄 양잿물 생킨 달구 새끼모냥 가심이 보타지고 목구녕이 화끈거려 오금이 딱 달라붙소. 세월이 약이당만 똑 그란 것만은 아닌갑습디다.

전라도 화순 춘양이라고 아시요? 거그가 내 원고향이요. 거 머시냐 남원 춘향이 허고는 글자보텀 다른께 헷가리덜 마시요. 춘향이는 봄 춘(春) 자에 향기 향(香) 자를 써서 봄의 향기라고 허고, 나 살던 고향은 봄 춘(春) 자는 맞소만 볕 양(陽) 자를 써서 봄볕 또는 봄볕맹키로 따순 땅, 뭐 그란답디다. 어릴 때보텀 마을 어런덜헌티 귓구녕에 대못이 백히도록 들어서 이자묵을래야 이자묵을 수가 없소. 나가 어릴 때보텀 가시낙년이어도 자발이 없어서 더러 사고를 쳤단 말이요. 그라니 지금도 깔딱숨이라도 붙었는 동네 늙은이덜언 나럴 기억허는 냥반덜이 더러 있을 것이요. 한번은 엄니 심바람으로 능주 장에를 갔소. 그때가 핵교 들어갈 때 전인께 아매 예닐곱 되얏을까 그랄 것이요. 돌안 장날 어물전 함평떡헌티 조구 새끼 폴똑만 헌 놈으로다 두 마리 갖다 돌라고 했응께 가믄 주꺼이다. 엄니가 똑 그렇게 말헙디다. 그날 저녁이 돌아가신 하나씨 제사라 엄니는 떡을 안친다 너물을 볶는다 바쁜께 나럴 보낸 것이제라. 동상 둘이 있는디 그것덜언 안직 대갈통이 풋감자맹키나 혀서 뭔 말귀를 알아묵어야 말이지라. 능주 장에를 걸어서 걸어서 어물전 함평떡을 찾아갔는디 고마 내 주둥이에서, 저놈 홍어 큰 놈으로 한 마리 주시요. 소리가 나도 모리게 나와블

딜 안 허섯소. 함평떡이, 느그 어매가 제사 지낸다고 조구 새끼 폴뚝 만이로 큰 놈으로 두 마리 갖다 돌라고 혔는디 홍애를 달라고야. 고개를 비틀침스로 요상시럽다는 표정을 짓습디다. 아시는 냥반덜언 다 아시것지만은 아랫녘 제사상에는 조구가 대장이요. 제사상에 조구 대그빡이 대구 대그빡맨치나 큰 놈으로다가 올라앉았어야 그래도 신경 좀 썼는갑다 허는 것이라. 그란디 또 내 주둥이에서, 엄니가 날짜를 잘못 알았다고 제사는 담 달이랍디다. 소리가 나오덜 안 허것소. 어물전에 쭉 널브러져 있는 홍어를 보자마자 걍 그놈이 묵고 잡고 꼭 집으로 델꼬 가야 내 속이 씨언헐 것 같고 그라다 본께 나도 모리게 막 말이 맹글어져 붑디다. 폴뚝만 헌 놈이 아니라 엄니 엉덩짝만치나 헌 홍어 새끼럴 마대포에 싸서 새내끼로 묶어가꼬 집이까지 오는디, 들고 이고 비렁내로 멱을 감음시로 초 영금을 봤소. 참말로 담은 야그를 안 했으믄 허것소만⋯⋯, 토방 앞이 홍어를 떡허니 부려논께 울 엄니 눈이 기암허고 자빠질 정도로 희번덕거립디다. 당장에 바지개작대기를 치켜드는디, 사 오라는 조구새끼는 안 사 오고 뭔 놈의 홍애 새끼냐고 그것도 폴뚝만 헌 좆이 두 개나 덜렁거리는 숫놈을 가시나 년이 남우세스럽게 머리에 이고 왔냐고, 여축없이 타작마당을 시작헙디다. 마침 나뭇짐을 지고 집 안으로 들어서는 아부지가 나럴 보듬어 안지 않았다믄 나는 그날 삭은 홍어맨치로 거품 물고 쭉 널브러졌을 것이요. 난데없이 제삿날이 잔칫날이 되야서 동네 사람덜 전부 우리 집으로 모여서 홍어 잔치를 안 했것소. 아부지는 막걸리에 취해서 우리 집 큰딸이 오지랖이 넓어서 떡판 만치나 큰 홍애를 이고 왔다고 자랑이 찢어집디다. 그것이 바로 나랑 홍어가 맺은 첫번째 인연이요. 난중에 한

번 더 홍어를 찐허게 만난 적이 있기는 허요만은 영 말허기 거시기 혀서 밀차 둘라요. 인자는 엄니 아부지도 다 돌아가시고 산소에나 한 번씩 찾아갈까 뭐 갈 일이 있어야지라. 지금도 욕쟁이 울 엄니 목소리가 귓속에 쟁쟁허요. 저런 자망헌 년, 씹구녕에다 홍애 좆을 그것도 쌍좆을 처박을 년 저년…….

요런 날 혼자 우두커니 밖을 보고 있자믄 지나간 세월이, 도굿대로 수없이 맞아서 패인 도구통마냥 영 허전헙디다. 눈은 쏟아지고 빼따구는 쑤시고, 누구 말마따나 팔 할이 바람이라등만 거그에 쪼까 보태자믄 남은 이 할은 한숨 아니었으까 싶소. 살아 본 냥반덜언 아시것지만 내 빼따구 안 닳고 넘 입에 콩 한 쪽이라도 넣어 줄 수 있습디여. 그래도 나는 이 홍어가 있어서 덜 외로왔소. 홍어가 나 같고 나가 홍어 같고 그참저참 항꾼에 살아왔구나, 달리 생각이 안 든단 말이요. 나가 그짝저짝 떠돌다 여그에 자리를 잡고 살았디끼 홍어란 놈도 지 본바탕을 떠나서 객지에 자리를 잡았는 갑습디다. 나도 손님헌티 들은 야근디, 고려 시댄가 언젠가 하도 흑산도에 왜놈덜이 쳐들어와싼께 나라에서 주민덜얼 나주 영산포로 집단 이주를 시켰다고 안 허요. 흑산도 사람덜이 고향 떠남서 뱃길에 홍어를 싣고 영산포까지 와 본께 이 홍어란 놈이 고새 삭아서 코럴 톡 쏨시로 고향 생각 눈물을 됫박들이로 쏟아 냈다고 헙디다. 그래서 그런지 홍어럴 디아스포라 음식이다 어쩐다 떠들어 대는 방송을 본 적도 있소. 나도 홍어마냥 요롷게 객지에서 뿌리 없이 살아강께 홍어나 나나 다를 바 뭐 있것소.

여고 졸업힘스로 광주 호남동에 있는 '로케트 전기'에 딱 취직이 되야 브렀소. 참말로 깨춤이 절로 납디다. 그때는 '로케트 전기'가 꽤나 큰 회사여서 출퇴근 버스가 여러 대 다닐 정도였응께 폼이 안 나것소. 쉽게 말허자믄 '로케트 밧데리'니 '로케트 건전지'니 모다 걱서 나온 것이라믄 대충 알아묵을 것이요. 그라고 앞을 봐도 뒤를 봐도 깨금발을 들어 봐도 온통 전답이고 까끔인 촌구석에서 벗어난다고 생각헌께 가심이 방맹이질을 허고 잠이 안 옵디다. 그란디 대번에 초치는 일이 벌어져 브렀소. 아부지가 웃배미 논 두 마지기를 당숙헌티 폴아 재껴서 학동 배고픈 다리 옆이 기와집을 하나 얻어 줌서 동상들 잘 건사혀라 이 허고 가셔붑디다. 짐 부리디끼 두 년놈얼 떠맡기고 돌아서는 아부지 뒤태를 보고 있자니 부아가 치밀어가꼬 생 이빠지가 다 끈덕거립디다. 여동상은 인자 고등학교를 입학헐 때고 남동상은 중학교를 입학헐 땐디 좀 손이 많이 가것소. 창창대로에 망조가 들어도 단단히 들어 브렀구나, 속이 끓어오르는디 열불나서 도저히 못 견디것습디다. 배고픈 다린지 배부른 다린지 다리꺼리에 서서 처웃다 울다 참말로 부아를 삭히니라고 욕깨나 봤소. 공일에는 쉬도 못허고 춘양에를 가야 혔지라. 두 년놈을 믹애 살릴랑께 도리 있소. 김치한차 반찬거리를 잔뜩 이고 지고 완행버스를 타믄 참말로 요리 비틀 저리 비틀 너릿재 터널까지 깔끄막은 좀 높으요, 짓국이 새고 찬합이 굴러다니고 20살 처녀 낯바닥이 뭣이 되았것소. 하도 화딱지가 나서 창밖으로 그것 덜얼 던져블까 멫번을 생각했소. 아매, 참꽃이랑 산벚이랑 온갖 들꽃덜이 아니었으믄 또 굽이굽이 휘어지고 패인 찻길이 아니었으믄 그리 못혔을 것이요. 그래도 그 촌시런 풍경들이 뭣이라고 맴이 푸근해짐서 위로가 됩디다.

그란디 망헐 사달이 나 브렀소. 하루는 퇴근허고 돌아와 본께 바로 밑이 여동상이 이불을 뒤집어쓰고 처울고 자빠졌습디다. 여동상은 조선대 뽀짝 곁에 몬뎅이에 있는 춘태여상을 다니고 있었소. 거가 깔끄막이 져도 숭허게 져서 한 달만 올라 댕겨도 다리통이 무시통이 되기로 유명짜헌 핵교요. 친구들헌티 머리끄뎅이나 잽혔을까 싶어서 찌럭찌럭 건들어도 보고 복숭아 간수매를 사다 들이밀어 보기도 허고 요살을 떨어도 영 대꾸가 없드란 말이요. 포도시 어루고 달래서 야그를 들어 본께, 해거름참 핵교에서 내려오는디 군인 두 놈이 야럴 나무 덤불 속으로 끌고 들어갔는 갑습디다. 그 담은 뭔 일이 있었는지 차마 내 입으로는 못 나불댈것소. 매칠 전보텀 학생덜이 데모를 허고 군인들이 시내를 활보허고 허등만 그날보텀 판세가 영 심상찮게 돌아가서 누가 총에 맞았네 곤봉에 대갈통이 박살 났네 숭상시런 소문이 떠돕디다. 그라던 참에 그 사고가 일어난 것이라. 그 애린것을 두 놈이 각단지게 찍어 눌러 브렀응께 아가 정신이 온전허것소. 방 안에 있던 소지품덜얼 온통 집어 던져 놓고 실성헌 년맹키로 울고 짜고 생지랄입디다. 지 가심도 천 갈래 만 갈래 찢어지것지만 나도 오목가심이 들고 쑤셔서 참말로 못 견디것습디다. 왜 그랬는지는 모르것소만 동상 년 등짝을 한참이나 내려침서 차라리 같이 죽어블자고 얼매나 울었는지 모리것소. 참말로 심정 같아서는 오함마를 들고 가서 그 두 놈 거시기를 차돌 욱에다 올려놓고 조사블고 싶습디다. 생각해 보쇼, 인자 제우 17살이요. 그런 아헌티 목에 단도를 들이댐서 그 짓을 했다는디 그런 처 죽일 놈덜이 세상천지에 어디 있것소. 좆대가리에 쉬가 쓸어 썩어 문드러질 놈들이지라.

단박에 짐을 챙겨서 동상 둘얼 델꼬 너릿재로 갔소. 화순으로 넘어가는 너릿재 터널언 군인들이 막아섰고 갱신히 터널 욱에 고갯길을 넘었소. 터널이 생기기 전에는 그 너릿재 고갯길로 넘어 다녔단 말이요. 그날 밤길에 더듬더듬 너릿재 고개를 동상들을 앞세우고 넘는디 엄니 아부지를 뭔 낯으로 볼꺼나 참말로 한 발 떼기가 천근입디다. 도저히 다리가 후들거려 몬당에 쭈그려 앉았는디 저 멀리 드문드문 불타는 광주 시내가 내려다빕디다. 그때 드는 생각이 내 동상 년도 광주도 똑같이 순결을 잃어브렀구나 싶습디다. 세상없이 평온허던 도시가 한순간에 아비규환이 되얐응께 뭔 말얼 더 보태것소.

오메, 요로코롬 궂인 날씨에 손님이 들어오시요이. 그짝 말로 '오겠소?' 허믄 '야' 그러고 끝인 손님이요. 내동 오시는 냥반인께 서로 낯바닥 개릴 것도 없고 내 군석만이로 걍 이무럽소. 신작로 차부 옆이서 풀빵 꾸는 냥반인디 고향이 목포 어디랍디다. 주문허고 말고 헐 것도 없이 홍어 국시 한 그릇이요. 머리 욱에랑 어깨 욱에랑 눈 조까 털어내시라고 수건 모냥 드리고 국시럴 삶아야 것지라. 혹시, 홍어 국시라고 들어 봤소. 우리집 주메뉴가 홍어 국시요. 요 홍어 국시가 내헌티는 참말로 아픈 살이요. 아직 그 아픈 살이 아물덜 안 혀서 여직 홍어 국시를 폴고 있는가 나도 모리것소. 홍어 국시에는 막걸리 식초가 들어가야 제맛이요. 춘양에는 집집이 정지마다 됫병들이 막걸리 초병덜이 있었소. 아부지 자시고 남은 막걸리를 부뚜막 욱에 엊거진 됫병들이 소주병에 붓고 붓고 허믄 누런 초막이 짐서 식초가 되지라. 요런 사다 쓰는 빙초산 재료허고는 댈 것이 아니요. 보드랍고 새콤허고 텁텁허고 달달허고 아리허고, 여튼 깔축없이 맛난 맛이 나요. 볏짚 깐 항아리 속에 둬 달 삭화 둔 홍어를 꺼내서 어슷썰고, 바람 쐬서 말린 장성 국시를 삶으요. 나는 기계로 맹글고 기계로 쪄서 말린 국시는 안 쓰요. 자셔 본 냥반덜이 개미도 없고 방부재가 들언능가 소화도 안 된다고 덜 좋아라 헙디다. 나가 대서 쓰는 장성 국시는 장성에서 맹그는 디 딱 소금허고 밀가리뱅이 들어가는 것이 없고 바람 쐬서 말린께 깨끔허고 속도 개안허다고 좋아들 헙디다. 무 절임 조차, 미나리 조차, 삭훈 홍어 조차, 삶은 국시를 초장에 버무려 노믄 보기만 혀도 입 안에 침이 한 됫박이요. 저 냥반 자시는 것 좀 보쇼. 국시를 자시는 것이 아니라 고향을 자시고 있는 것맹키로 후덥잖아 보이잖소. 뭔 사연인 중은 모르것소만 저 냥반도 고향 떠나서 여직 객지로 떠돈답디다. 갈 수 없는 것인지 발길을 끊은 것인지 그것까지는 모르것소만은 그믐날 고향 땅은 못 밟아도 고향 냄새나 맡아 볼까 홍어 국시를 자시는 것이것제라. 솔직헌 말로다가 나가 맹글었다지만 그것이 뭐 뱰난 맛이 있것소. 다 떠나온 고향 생각 매운 콧물 맛이지라.

동상덜얼 너릿재 넘어 춘양 집에다 바래다주고 나는 서둘러 광주로 되돌아와서 시민군이 되았소. 말이 거창해서 시민군이제 학상덜이랑 모다 젊은 사람덜이 트럭을 타고 있응께 나도 욱헌 맴에 그냥 올라탄 것이제 벨거 없소. 나 몸띵이 상허고 뭣허고 그란 것은 뵈덜 않고, 우선에 잘못된 동상 년허고 뇌송벽락이라도 맞은데끼 꼬실라지고 까불라진 광주뱎이는 뵈는 것이 없습디다. 나가 강단이 있어 뵈고, 차마

동상 년이 못된 짓얼 당했다고 말언 못 혔지만도 뭔 원한이 단단히 백앳는 것을 알았는지, 즉석에서 몇 번 쏘는 연습을 시키등만 카빈총 한 자루럴 내줍디다. 등어리에다 그놈을 짊어진께 없던 의협심도 생기고 솔찬히 묵직헙디다. 솔직헌 말로다가 총얼 들기는 들었소만 그 총얼 군인덜헌티 쏜다고 생각헌께 더럭 겁이 납디다. 동상 년 당헌 것이나 죽어 나간 사람덜이나 돌아보자믄 여축없이 쏴 죽에야 맞것지만 사람 맴이 어디 그랍디여. 나만 그란 것이 아니라 총은 들었어도 한 번도 쏴 보덜 못헌 시민군덜이 태반일 것이요. 말이 쉽제 생전 지대로 쌈박질 한 번 해 본 적도 없는 민간인덜이 뭔 사람헌티 총질이다요. 그렇게 군용 트럭얼 타고 돌아댕김서 구호도 외치고 애국가도 부르고 부상자도 실어 날리고, 속안에 맺힌 피멍을 토해 냈것지라. 그란다고 원한 맺힌 뿌랑구가 빠지는 것은 아니것지만 이라다 죽어도 좋다 싶은께 이런저런 생각이 안 듭디다. 매칠 그렇게 댕기던 참에 산수동 굴다리 옆에서 차럴 받치고 조까 쉬고 있었을 것이요. 아매 그때가 정때 쪼까 지났을 땐가 그란디 뭔 아짐씨덜이 큰 소쿠리에다 삶은 국시를 들고 옵디다. 묵은지에다가 고추장 양념을 퍼붓고 국시를 비빌 요량인가 양은 다라이까지 내오고 야단입디다. 근디 또 한 아짐씨가 핑─ 허니 집으로 가등만 석작 뚜껑에다가 삭훈 홍어를 들고 옵디다. 우리 새끼덜 고상헌디 요놈이라도 썰어 믹애야 내 맴이 편허것다, 허둥만 여런이 붙어서 껍딱을 벳기고 살얼 볼라서 썰어 냅디다. 누가 그랬는지는 모르것소만, 홍애랑 국시랑 항꾼에 비배블먼 어쩌것소? 했것지라. 말마따나 비벼 놓고 본께 홍어는 홍어대로 씹는 맛이 있고 국시는 국시대로 갱기는 맛이 있어서 영 개미가 있더란 말이요. 모다 총얼 바차 놓고 입술이 벌겋게 묻어나도록 홍어 국시럴 허천내는디 참말로 난리통에 입맛이 살아나는 것이 당최 부끄러울 정돕디다. 국시 그릇에 코를 박고 한참을 목구녕으로 퍼 넣는디 누군가 내 입술얼 소맷자락으로 살포시 닦아 줍디다. 낯빛이 해부끄롬헌 대학상 오빠가 살째기 웃음서 나럴 바라보는디 워메워메 가심이 터져블까 무섭습디다. 아무리 그란다고 소맷자락으로 입술 한번 씰어 줬다고 그라고 가심이 뛰까라. 그때보텀 그 대학상 오빠럴 똑바로 쳐다보던 못혀도 노상 뽀짝 옆이서 뼁아리 새끼맨치로 붙어 댕겠소. 그 오빠가 나럴 챙겼는지 나가 따라붙었는지 그것은 알 수가 없지만 참말로 옆이 있으믄 아시시 허니 당최 다리가 풀려서 심얼 못 쓰것더란 말이요.

질로 존 놈으로 홍어를 써요. 홍어를 잘 삭후믄 냄새는 나도 살이 물커지든 안 해라. 긍께 숙성되는 것이제 썩는 것은 아니다 그 말이요. 잘 삭화진 홍어를 자셔 보믄 영 찰지고 쫀득쫀득헐 것이요. 입 안에서 화– 헌 기운이 돌다가 코를 뻥– 뚫으니 그것이 배 속에 들어가믄 어쩌것소. 페일언허고 이보다 더 좋은 소화제는 없다 그 말이지라. 참말인지 거짓말인지, 약국 가서 소화제 사 잡술라 말고 속는 셈 치고 잘 삭훈 홍어 한 점 사 잡사 보쇼. 십 년 체증도 쑥– 내려갈 것이요. 사람이 뭔 음석얼 묵는가에 따라서 성정도 달라지데끼, 그쪽 사람덜도 똑 삭훈 홍어맨치로 묵을수록 짚은 맛이 나고 소화제맹키로 내 것으로 넘 살피고 그래라. 나도 아요, 팩– 허는 소가지로 곁에 사람덜 가심 쑤시는 소리럴 곧잘 헌다는 것얼. 어쩌것소 나도 울 엄니헌티 보고 배운 것이 그것인디. 애! 그쪽 사람덜? 내 말 드끼요? 이참에 그

팩─ 히는 성질머리 좀 단도리 혀서 넘덜 맴 상허게 허덜 맙시다이. 홍어 장시 반평상에 는 것이라고는 요 주름허고 새살밲이 없소. 쪼까 시끄러도 그란갑다 허쇼. 홍어 허믄 앳국인디 빠지믄 서운허것지라. 그란도 보릿잎싹 새파란 놈으로 구해다 놨소. 홍어 애가 홍어 간인 줄은 알지라? 배럴 갈라 보믄 넙덕허니 솔찬히 크게 들었소. 그놈을 잘 발라서 깨깟이 씻어 바치고 촌된장얼 준비허요. 넘덜언 어짠지 모르것소만 나는 홍어 애허고 된장허고 냄비 속에다 넣고 조물조물 손으로 치대요. 그라믄 된장조차 홍어 애조차 버무러져가꼬 영 구수허요. 발라 논 홍어 빼따구를 항꾼에 넣고 끼래도 영판 만나요. 다른 것도 그라것지만 홍어도 내뿔 것이 없는 생선이요. 요새는 껍딱을 과서 묵으로 해 묵으믄 항암에 좋다고 더러들 그렇게 자십디다. 홍어 앳국이 끓어오르믄 지켜 서서 연해 거품을 거둬 줘야 허요. 넘쳐블믄 양념 한 차 딸려 나감서 맛까장 딸려 나가븐단 말이요. 한참을 끼리다가 새파란 보릿잎싹을 넣소. 그것이 요샛말로 신의 한 수요. 어짜믄 느끼헐 수도 있는디 보릿잎싹이 그 느끼헌 맛얼 깨끔히 잡아 준다 그 말이요. 또 빠질 수 없는 것이 홍어 찜이요. 날개가 살이 많은께 날개를 찜솥에 올려놓고 푹 한 번 쪄지믄 양념장얼 찌뜰고 또 한 번 찌요. 홍어가 가시가 없고 살이 많은 생선이라 찜허기 딱 그만이요. 홍어 전이랑 홍어 튀김도 있소만 근천시런께 이 세 가지만 혈라. 손님도 없는디 뭣 땀시 그렇게 준비를 허냐고라? 손님 중에 질로 귀헌 손님헌티 낼 대접 헐라고 그요. 나가 홍어 장시 30년 넘어 한 번도 거른 적이 없은께 나헌티는 질로 귀헌 손님이것지라.

낮에 군용 트럭을 타고 댕기다가 저녁에 학동 집이서 잠얼 자는디 영 눈이 안 깽깁디다. 그 대학상 오빠 얼굴이 아린거리고 어서 날이 밝아서 또 만나고 잪고, 참말로 애가 탑디다. 그라다가 또 정신이 들면, 이 백여시 둔갑헌 년아 이 년아 니 동상 년이 그 지경이 되얏는디 지금 니가 뭔 숭헌 맴으로 사나를 품속에 끌어들이냐 오살 년아, 뽈딱 인나서 찬물 한 바가지 들이켜고 도로 눕고 했지라. 이녘덜도 아시것지만 그란다고 한 번 댕겨진 불이 쉽게 꺼질랍디여. 얼매나 열이 오르든가 깔고 누웠는 솜이불이 다 축축헙디다. 젊어서 그란가 몸띵이가 불덩어리맨치로 뜨겁습디다. 그란디 참말로 대문 앞이서 오빠 목소리가 들깁디다. '광순아! 광순아!' 부르는디 나가 미쳐도 보통으로 미친 것이 아니구나 싶습디다. 그 밤에 오빠가 나 집얼 어찌 알아서 대문 앞이서 이름을 부를 것이요. 배고픈 다리 뽀짝 옆이 파란 철 대문 기와집이 산다고 허기는 혔소만 설마허니 그 난리 통에 거그를 그 밤에 찾아오것소. 그란디 쪼매 있다가 또 '광순아! 광순아!' 그란단 말이요. 나도 모리게 뽈딱 인나가꼬 방문을 열고 '오빠가?' 혔지라. 가심은 쾽매기럴 쳐 대고 어쩨야쓰가 정신은 없고 신얼 신는 둥 마는 둥 대문을 열었는디, 참말로 맴이고 몸땡이고 꼼짝없이 오무락딸싹을 못 허것습디다.

　정월 초하루 첫차를 타고 매년 댕겼지라. 누가 알까 싶어서 그냥 혼자서 일찌거니 나서서 댕겨오요. 그것도 한 30년 넘어 허다 본께 오늘 장사허데끼 암시랑토 안 헙디다. 3단 찬합 질로 밑동에 홍어 썰은 놈허고 돼야지괘기 삶은 수육허고 묵은지를 담소. 수육은 어찌녁에 미리 삶아 놨소. 조까 굳어야 꼬독꼬독허니 지름이 꼬승께. 홍어랑 수육을 묵은지에 돌돌 몰아서 항꾼에 묵으믄 참말로 맛나것지라이. 맞소, 아시데끼 삼합이지라. 그놈얼 입 속에 넣는 모냥을 보믄 내 맴이 얼매나 오지것소. 아매 나럴 솔찬히 지다리고 있을 것이요. 나가 보고 잡드끼 나럴 안 보고 잪것소. 그려 맞소, 나보다 콧구멍 톡- 쏘는 이 홍어럴 더 지다리고 있을 것이요. 삭훈 홍어 묵고 삭훈 야그를 풀어내자믄 시든 가심까지 안 팽팽해지것소. 홍어 무침 허고 삶은 국시는 두 번째 칸에 옆옆이 담소. 국시가 쪼까 불어 터져서 덜 맛나것지만 그라도 정성인께 거그서 항꾼에 비비요. 산수동 굴다리 밑이서 총 바차 놓고 묵던 홍어 국시 맛에 어디 비헐랍디여만언, 추억으로 묵고 의리로 묵고 정으로 묵고 눈물로 묵지라. 솔직헌 말로다가 나가 30년 넘어 홍어 국시를 비볐을망정 제우 그 아짐씨덜 숭내만 내제 죽도락 그 맛을 못 따라갈 것이요. 안 그러것소? 그 난리 통에 사람 살리니라고 내 것얼 공짜로 내준 그 맴얼 어찌 따라갈 것이요. 세빠닥 놀릴 것도 없이 택도 없제라. 젤로 웃칸에는 홍어 찜을 얹그요. 참말로 안 자셔 본 분덜언 꼭 권해 드리고 자픈 음석인디 연허고 보돌보돌헌 것이 게살맨치로 영판 맛나요. 특히 이빠지 없는 어르신덜 잡수기에는 영 그만인께 젊은 양반덜 귀담아듣고 꼭잠 해 드리시요이. 인자 보온빙에 앳국만 채우면 준비는 다 되얏소. 막걸리도 맻 빙 사야 허는디, 입에 맞는 놈으로 사야 쓴께 걱서 무등산 막걸리로 사믄 쓰요. 요래 일절 준비럴 해가꼬 내일 초하룻날 첫차럴 타요. 기차를 타는디 쉬 가는 놈 말고 꼭 더디 가는 놈으로 타요. 핑- 안 가고 느작는작 부러 더듬어 갈라 그요. 이 생각 저 생각 오직 생각헐 것이 많것소. 그라도 영 아프기만 헌 것은 아니라서, 이날 이때껏 살아가는 심이 그것이기도 혀서 발이 영 무겁던 안 허요.

오빠가 말이요이. 오빠는 대문밖에 없습디다. 나 맴 열데끼 대문을 폴짝 열어제꼈는디 휑– 허니 바람만 불어라우. 손으로 대문을 연 것이 아니라 폴딱거리는 가심으로 대문을 열었는디 거그 오빠가 없었어라. 대신에, 시커먼 뭣이 나럴 확– 잡아챕디다. 대문 밖으로 훅– 딸려 나감서 땅바닥에 지대로 처백혀 브럿지라. 물팍조차 이마빡조차 께껴 브러가꼬 껍딱이 벗어졌는디 씨런지도 어짠지도 모르것습디다. 아직 벌떡거리는 가심에 섬뜩허니 무섬증이 포개집디다. 멀크락이 바늘 끝 맨치로 뽀깡 솟고 사지가 바르르 떨리는디 뭔 일이당가 싶습디다. 몸띵이가 독뎅이맨치로 굳어서 비명조차 나오덜 안는디 사람이 아니고 기냥 썩은 고자배깁디다. 자빠진 나럴 양쪽에서 두 놈이 폴얼 비틀어 감고 일차 세움시로 골마리럴 단단히 틀어쥡디다. 기냥 맥이 탁 풀래가꼬 질질 끌려갔지라. 맞어서 다리빙신도 아닌디 아무 심얼 못 쓰것습디다. 볼쎄 맴에 겁이 들어찬께 손발이 움직거리덜 안 헙디다. 행길에 시커먼 지프차가 세워졌는디 그 뒷자리에 나럴 꿰짝 부리데끼 띵게붑디다. 시커먼 밤중에 워디로 띠메 가는 중도 모리고 끌려갔지라. 사람이 사람얼 그라고 때리고 사람이 사람헌티 그라고 맞을 수가 있으까라. 지하실에 처넣둥만 참말로 처 죽을 만치 때립디다. 한쪽 눈언 깽껴 브럿고 배때기럴 잘못 맞았는가 하혈이 터져가꼬 핏물이 줄줄 흐립디다. 난중에는 피가 썩어가꼬 서답 묵은내가 난께 옷얼 싹 벳기등만 호스로 물을 찌끄러라. 개돼지럴 그라고 씻기까라. 어디럴 개리고 말고 헐 것도 없이 뻣뻣허니 서서 찬물얼 맞았지라. 산송장이라고 말만 들었는디 참말로 산송장입다. 너무다 억울허고 답답허고 심이 폴린께 눈물도 모릅다. 가심이 보타져 몰라 브렀는디 뭔 눈물이라고 맹글어지것소. 모다 구접스럽고 근천시러서 기냥 죽고 자픈 생각뱍이 안 듭다. 그것덜언 역부로 나 거시기에 물얼 뿌려 댐서 처녀가 맞다 처녀가 아니다 시시덕거립다. 사람얼 갖고 논 것이제라. 그란디 나가 참말로 비참했던 것은 그놈덜 눈얼 지대로 볼 수 없다는 것이었어라. 그놈덜도 사람이 아니었은께라.

군용 모포 한 장 뒤집어쓰고 취조를 받았지라. 나럴 고정간첩헌티 포섭된 '내란 간첩'이랍다. 난중에 본께 거그가 쌍촌동 '보안사령부'였습다. 시방도 생각나는 것이 지하에 방이 8개 있었는디, 그 방문에 '보안을 생활화합시다' 그러코롬 글자가 백혀 있습다. 나넌 이미 빼도 박도 못헐 간첩으로 둔갑해 있습다. 그 증거로 '현 정부를 따르느니 김일성을 따르겠다'라는 말을 나가 까불르고 댕겼고, '로케트 전기'에도 내란 선전 선동을 목적으로 위장 취업했다고 적혀 있습다. 뒤로 수갑얼 채우고 폴뚝 뒤로 곤봉을 끼워서 두 놈이 나럴 들고 나가기도 혔는디, 그때 본께 항꾼에 군용 트럭을 탔던 사람덜이 여럿 보입다. 긴가민가 내동 맘 복잡시럽던 생각이 그때사 굳어집다. 잽혀 들어올 때 말이지라이, 지프차에 찌그러진 채로 다리꺼리를 건너는디, 난간에 선 어떤 남자 입에서 반짝 불이 붉아지드니 희미허게 낯짝이 빕다. 아매 담배럴 태고 있던 중이었을 테지라. 맞다 싶음서도, 설마 그이가 오빨라디야 혔는디 잽혀 들어온 사람덜 얼굴얼 본께 그런갑다 싶습다. 몬차 잽혀 들어왔다가 혼자 살라고 다른 사람덜얼 폴았겄지라이. 참말로 그때는 가심이 떨림서 몰랐던 눈물이 찌걱거립디다. 차라리 다리꺼리에서 오빠를 보지 말았더라믄 어쨌으까 싶기도 허고, 오직 겁났으믄 그랬으까 동정이 되기도 헙디다. 그라다가 또 부아가 치밀어 오르믄 방안통세 삐비 껍딱 같은 놈이 '우리 항꾼에 새날얼 맹급시다' 나불대던 아구창얼 날래블고 싶습디다.

　나가 거그서 영금얼 보고 있을 때 춘양에서는 난리가 났다고 헙디다. 사복 경찰덜이 증거럴 찾것다고 집뒤짐을 험스로 간첩 딸년 집안이라고 온 마을에 짜― 허니 소문얼 냈답디다. 촌사람덜 간첩이라믄 구신보다 무서라 허든 시절인게 볼짱 다 본 것이제라. 하루 새에 간첩 집안으로 풍문이 돌아서 이웃제 사람덜 발길이 끊기고 구설에 오르게 되얐은게 집구석이 시난고난 짜부라져 브렀지라. 그새 나년 15년 형얼 받고 광주교도소에서 옥살이럴 했지라. 얼추 2년얼 살고 풀려났는디 집에 가 본께 아부지는 술독에 빠져서 횟병으로 돌아가시고, 엄니는 폭삭 삭아서 할매가 돼 브렀습디다. 여동상은 정신이 오락가락허다가 머리를 깎고 절로 들어가서 어디 있는 중 소식도 모른다고 허고, 남동상은 버짜맹키로 입얼 딱 닫아 브렀습디다. 참말로 뭣 땀시 집안이 이모냥으로 깨박살이 났는가 물어볼 디라도 있으믄 찾아가서 물어보고 싶습디다. 아부지 메뚱얼 찾아가는디 차마 올라가덜 못허고 논배미 짚베늘에 지대고 한참얼 울었소. 아부지 돌아가신 것도 집안 작살난 것도 모다 내 죄 같아서 발이 떨어지덜 안 헙디다. 당최 그짝에서 살 자신이 없어서 무작정 멀리 떠났지라. 그란디 어디럴 가던지 거시랑마냥 보안 감찰이 나 발모가지를 잡읍디다. 공장에럴 가도 청소 일얼 댕겨도 하다못해 셋방 집주인헌티까정 나 뒤럴 캐고 다니는

디 온전히 살 수기 있이야지라. 참밀로 사람 눈허고 입이 무서와서 나댕기덜 못허것습다. 아무도 없는디 숨어 살았으믄 좋것다는 생각얼 날마다 혔지라. 그라다가 오기가 생깁디다. 나가 부끄럴 것이 뭣이고, 숨어 살 것이 뭣이냐 싶어서 '배고픈 다리 밑에서 홍탁' 간판 걸고 홍어 장시럴 시작헌 것일제라.

인자 전방 소지허고 간판 불 내려야 쓰것소. 낼 일찍 첫차럴 타자믄 괭이잠이라도 자야 헝께라. 망월묘역에 가믄 반가운 얼굴덜이 날 지다리고 있소. 지금이사 요래 세월에 치어 늙어브렀지만 그때가 질로 가심 뛰던 때가 아니었등가 싶어라. 아프기도 허지만 평상얼 그때 기억으로 살아가요. 그 오빠는 말이제라이 후제 죄 닦음 허니라고 민주화운동 치다꺼리 허다가 일찍 술로 죽었답디다. 아메, 술 아니믄 아파서 전디덜 못혔것지라. 그이도 거그 잠들어 있소.

* 이 소설은 2019년 1월, 증평 〈21세기문학관〉에서 창작되었습니다.

광수

화염방사대가 시위대를 향해 달려 나갔다. 사정거리 안에 자세를 잡은 화염방사대는 시위대를 향해 총구를 겨눴다. 시위자는 가리지 말고 무조건 잡아들이라는 명령이 하달되었고, 각 부대장은 경쟁이라도 하듯 머릿수를 채우고 있었다. 여자건 남자건 시민이건 학생이건 가리지 않고 끌어다 트럭에 실었다. 화염방사기에는 휘발유 대신 페인트 물이 들어 있었다. 승도를 포함한 체포조는 화염방사대 뒤로 바짝 붙었다. 한 놈만 끝까지 쫓을 것, 절대 놓치지 말 것, 체포 수칙을 되뇌는 승도는 쿵-쿵- 발을 굴러 긴장을 고조시켰다. 화염방사대가 시위대를 향해 방아쇠를 당겼다. 앞선 시위대의 몸에 페인트 물이 뿌려졌다. "부대 돌격", 소리와 함께 사냥이 시작되었고, 거리는 폭탄이라도 떨어진 듯 순식간에 아비규환이 되었다. 여기저기 비명 소리와 함께 발길질과 곤봉 세례가 난무했다. 박달나무 곤봉에 제대로 얻어걸린 놈들은 감전된 개구락지처럼 쭉쭉 널브러졌다.

승도가 쫓는 표적은 생각 이상으로 잘 달렸다. 놈의 발목에서 얼룩무늬 교련복 비지기 물고기 지느러미처럼 하늘거렸다. 승도는 M16을 뒤로 메고 박달나무 곤봉을 든 채 군홧발로 쫓고 있었지만 잡아낼 자신이 있었다. 빨갱이들의 선동질로 데모에 앞장서는 놈들은 해충을 박멸하듯 잡아 없애는 것이 애국이요 군인의 의무였다. 놈의 나풀거리는 교련복 바짓가랑이가 가일층 추격심을 부추겼다. 쫓음이 길어질수록 승도의 심장에는 묘한 승부욕과 함께 적개심이 치밀어 올랐다. 반드시 잡아서 전리품이나 노획물처럼 보란 듯이 끌고 가리라. 다리에 가속을 더했다. 대로를 달리던 놈이 골목길로 꺾어 들었다. 골목은 외통수이거나 미로이거나 복불복이었다. 놈이 접어든 골목은 외길이었고, 막다른 끝에서 더 이상 갈 곳 없는 놈은 궁지에 몰린 쥐처럼 꼬리를 사린 채 이빨을 드러내 보였다. 제법 근성이 있는 놈은 주먹을 휘두르며 달려들었지만, 용기와는 상관없는 무모한 행동이었다. 승도는 그런 놈의 머리에 망설임 없이 곤봉을 내리쳤다. 퍽, 소리와 함께 놈의 머리에서 피가 튀었고, 놈은 외마디 비명도 지르지 못한 채 땅바닥에 꼬꾸라졌다. 승도는 긴장을 몰아내는 긴 숨을 토해 내며 놈의 얼굴을 내려다봤다. 놈은 아직 고등학생 티를 벗지 못한 앳된 모습이었다. 놈의 얼굴 위로 시뻘건 피가 진득하게 흘러내렸다.

캄캄한 밤 춘천역에 집결한 부대는 칸막이가 쳐진 열차에 올라탔다. 왜 소집되었는지 작전지역이 어딘지 일체 함구하고 있었다. 전날 밤 부대에 특별 위로금이 전달되었고, 돼지 몇 마리와 막걸리가 조달되었다. 그동안의 훈련에 대한 위로 차원이겠거니 부대원들은 밤새워 먹고 마셨다. 다음 날 점심으로 삼계탕이 배급되었고 오후 3시쯤이 되자 군장을 꾸리라는 명령이 하달되었다. 인원 점검까지 마친 부대는 오후 5시쯤 군용 트럭에 나눠 탄 채 밤길을 달렸다. 그때쯤 고참 병력들 사이에서 뭔가 심상치 않은 상황이 발생한 것 아니냐는 투덜거림이 흘러나왔다. 아군 부대끼리 교전이 발생하지 않았다면 북한 게릴라들이 남침했을 것이라는 추측이었다. 작년 연말, 그러니까 12·12 사태 이후로 부대는 줄곧 어수선했다. 전두환을 비롯한 신군부세력이 군사 반란을 일으켜 정승화 육군참모총장을 체포했지만, 정승화를 따르는 부대장들이 아직 남아 있었다. 한동안 수군거리던 부대원들은 차츰 말이 없어졌다. 어쩌면 죽을 수도 또 죽일 수도 있다는 생각 때문이었다. 부대원들은 밤하늘과 같은 캄캄한 낯빛이었고, 흔들거리는 트럭은 강원도 굽이굽이 골짜기를 넘고 있었다.

춘천역을 벗어나 어딘가로 향하는 기차는 터널로 진입한 것처럼 깊고 어두운 정적이 흘렀다. 기차는 후방으로 향하고 있었지만, 긴장된 분위기는 최전방으로 향하는 것처럼 눅진했다. 누군가의 입에서 "하나님! 제 손에 피를 묻히지 않게 하시고……" 기도 소리가 새어 나왔고, "조용히 해 새꺄 주둥아리 찢어 버리기 전에……" 또 다른 입에서 욕지거리가 뒤따랐다. 눈을 감은 승도는 공수부대를 지원한 것을 처음으로 자책했다. 직업 군인을 바라던 승도에게 먼 친척뻘 되는 형은 공수부대를 추천했다. 공중낙하훈련과 해상침투훈련 때문에 생명 수당도 많고 진급도 빠르다는 이유에서였다. 승도는 일단 병으로 입대한 후 적성에 맞으면 말뚝을 박겠다는 생각으로 공수부대에 지원했다. 하지만 영원히 훈련으로 끝날 줄 알았던 군 생활이 입대 10개월 만에 실전으로 맞닥뜨릴 줄은 미처 예견하지 못한 일이었다.

승도는 심란한 마음을 애써 짓누르며 등받이에 뒷머리를 기댔다. 쉽게 잠들지 못할 것 같은 복잡한 심경은, 몰려든 육신의 피로를 이기지 못하고 이내 잠 속으로 빠져들었다. 얼마쯤 지났을까 기차가 뒤 번 덜컹거린 후 멈춰 섰고, 누군가의 입에서 청량리역이라는 말이 새어 나왔다. 멈춰선 기차 안으로 도시의 불빛이 새어 들어왔지만 밖은 여전히 캄캄했다. 뒤쪽 칸에 또 다른 부대가 올라타는지 복잡한 군홧발 소리와 함께 인원 점검 소리가 들렸다. 뭔지 모를 급박함이 느껴지는 그들의 승차 소리는 침잠해 있는 승도의 마음에 어두운 그림자를 드리웠다. 잠시 후 멈췄던 기차가 토해 내듯 기침 소리를 뱉어 낸 후 천천히 미끄러져 달리기 시작했다. 한 사람당 건빵 두 봉지씩이 배급되었다. 사부작사부작 마른 건빵 씹는 소리가 묘한 긴장감을 불러일으켰다. 승도는 머리를 등받이에 기댄 채 다시 눈을 감았다. 짐작할 수 없는 그 어떤 두려움이 자꾸만 승도의 눈을 감게 만들었다. 기차는 느리게 끝없이 달렸고, 승도는 자맥질하듯 잠속을 허우적거렸다. 영원히 멈출 것 같지 않던 기차는 창틈으로 파고든 아침 햇살과 함께 멈춰 섰다. 찬란한 오월 아침 햇살 아래 도착한 땅은 전혀 예상치 못한 전라도 광주였다.

막다른 집 대문을 등진 채 축 널브러진 놈은, 이미 풀려 버린 동공처럼 파르르— 손발을 떨었다. 놈의 얼굴을 타고 흘러내린 벌건 핏물이 시멘트 바닥으로 번져 나가는 모양을 지켜보던 승도는 쓴침을 삼켰다. 국가를 분열시키는 데모대라고는 하지만 처참하게 꼬꾸라진 모습을 마주하자니 꿈틀거리는 개미라도 밟은 것처럼 개운치 않았다.

골목에는 아무도 없었고, 어떤 적막감마저 휘돌았다. 혹시 죽어 버리는 것은 아닐까, 목의 맥을 짚던 승도는 남방 칼라에 부착된 광주고등학교 배지를 발견했다. 뭔가 잘못되었다는 자괴감이 탄식처럼 새어나왔지만 이내 고개를 흔들었다. 군인은 국가와 국민을 위해 오직 명령에 복종할 뿐, 사사로운 개인감정 따위에 휘둘리지 말아야 한다는 복무규율을 되뇌었다. 놈은 기절한 채로 가는 숨을 내쉬고 있었다. 승도는 비뚤어진 철모를 고쳐 쓴 채 이를 악물었다. 놈은 국가와 국민의 안전을 위협하는 폭도일 뿐, 앳된 고등학생이라는 이유로 동정의 대상일 수는 없었다. 승도는 놈의 양쪽 다리를 자신의 등 뒤로 잡아 올렸다. 놈은 생각보다 가벼워서 질질 끌렸다. 바닥에 맞닿은 등가죽과 뒷머리가 벗겨질 테지만 상관없었다. 놈은 트럭에 실려 어딘가로 끌려간 후 더 혹독한 고문을 당할 것이었다. 골목 하수 구멍을 지날 때마다 놈의 머리통이 통—통— 부딪는 소리를 냈다. 놈이 딸려 온 뒤로 널어진 천 조각처럼 붉은 핏물이 이어졌다.

갑자기 골목 밖에서 와— 함성 소리가 들렸다. 승도는 뭔가 심상치 않은 상황을 직감하고 전봇대를 타고 올랐다. 어디서 몰려왔는지 엄청난 수의 시위대가 도망치는 부대원들을 쫓고 있었다. 시위대에게 붙잡힌 부대원 몇 명이 총을 빼앗긴 채 몰매를 맞기도 했다. 전봇대에서 뛰어내린 승도는 어떻게 해야 하나 삼시 방설였다. 골목 밖은 이미 시위대로 점령된 상태였다. 시위대 몇 명이 골목 안으로 뛰어 들어오는 소리가 들렸다. 승도는 급한 대로 골목 옆 담을 타 넘었다. "여기요, 부상자가 있어요. 피를 많이 흘린 것 같은데 얼른 병원으로 옮겨야겠어요." 소리와 함께 "공수부대 이 개새끼들 이놈들은 대체 어느 나라 군

덴지……" 흥분한 시위대의 발소리가 급하게 골목을 빠져나갔다.

집 안은 사람이 살던 그대로 비어 있었다. 안방에도 부엌에도 창고에도 살림의 흔적은 있지만 사람은 없었다. 방 두 칸짜리 기와집은 노부부가 살았던 흔적 그대로였다. 흑백 결혼사진과 단풍 구경 사진들, 그리고 아들 초·중·고등학교 졸업식 때 셋이서 함께 찍은 사진들이 벽면 액자 틀에 모자이크처럼 붙어 있었다. 냉장고에는 제사 음식들로 보이는 생선들과 시루떡 그리고 나물 반찬과 풋사과 몇 알이 들어 있었다. 전혀 손을 대지 않은 상태로 봐서는 제사를 위해 준비했지만 제사상에 올리지는 못한 모양이었다. 반듯하게 개어진 채 윗목에 포개져 있는 이불 두 채는 평소 정갈했을 노부부의 성격을 가늠하게 했다.

승도는 냉장고 안의 제사 음식을 꺼내 놓고 허겁지겁 먹기 시작했다. 사람을 후려친 후, 빈집에 숨어들어 와 음식을 훔쳐 먹는 자신의 모습이 낯설었지만, 참을 수 없는 허기는 생각하기를 거부한 채 행동만을 강요했다. 음식은 생각보다 맛있었다. 특히 고사리나물과 도라지나물은 노부부의 세월만큼이나 깊은 맛이 배어 있었다. 이런 상황에서 맛까지 느낀다는 것이 기이할 정도였다. 배가 어느 정도 차오르자 승도는 군화를 그대로 신은 채 남의 집 내실에 있다는 사실을 깨달았다. 왜 그동안 신발을 신고 집 안 곳곳을 살피고 다녔을까. 그동안 살아온 상식과는 전혀 다른 자신의 모습에 잠시 혼란스러웠다. 승도는 군화를 벗고 허리에 찬 방독면과 등 뒤로 멘 총을 내려놓았다. 그것들을 몸에서 떼어 놓으니 그동안 모르고 있던 땀 냄새가 풍겼다. 내친김에 승도는 욕실로 들어가서 옷을 벗고 목욕을 했다. 땀에 전 팬티와 메리야스도 빨았다. 욕실에서 나온 승도는 알몸인 채로 작은방 문을 열었다. 아들은 오래전 집을 떠났는지, 벽면 한쪽에 먼지 쌓인 책장과 옷장이 덩그러니 놓여 있었다. 옷장에는 아들이 가끔 들렀을 때 갈아입는 여벌의 속옷과 간편복이 있었다. 노부부의 아들은 승도보다 열 살가량 많은 사람이었다. 책장 위에는 초등학교 때부터 받은 각종 상장이 나란히 붙어 있고, 마지막에는 영광고등학교 교사 임용장이 붙어 있었다. 속옷과 겉옷을 갈아입은 승도는 모처럼 개운한 기분에 잠이 몰려왔고 그대로 드러누웠다. 눈꺼풀이 감기는가 싶더니 금세 피로의 이불이 온몸을 뒤덮었다.

승도는 다음 날 오전 나절에서야 간신히 눈을 떴다. 잠에서 깬 승도는 낯선 집 안의 풍경에 잠시 어리둥절했다. 이물스러운 마음을 진정코자 담배부터 피워 물었다. 무단으로 침입한 타인의 집에서 이렇게 아무렇지 않게 하룻밤을 보낼 수 있다니…… 혼란한 마음처럼 담배 연기는 어지럽게 뿜어져 나왔다. 승도는 집에 전화를 걸어 가족 목소리라도 들어야겠다고 생각했다. 전화기는 TV 선반 옆에 놓여 있었다. 승도는 집 전화번호를 떠올리며 다이얼을 돌렸다. 숫자 구멍을 찾는 손가락이 자꾸만 떨렸다. 승도의 바람과는 달리 시외 전화는 먹통인 채로 연결되지 않았다. 광주는 바깥세상과 연락이 완전히 차단된 상태로 그야말로 고립무원이었다. 통신도 통행도 완전히 끊긴 상태였다. 전화기 옆 메모지에는 며칠 전 날짜의 영광행 버스 시간표가 손글씨로 적혀 있었다. 터미널에 전화해서 받아 적은 모양이었다.

광주가 고립무원인 것처럼 승도 역시 고립무원이나 마찬가지였다.

어쩌면 지금쯤 부대장은 승도가 사라진 사실을 보고받았을 것이었다. 어제 시위대에 둘러싸여 뭇매를 맞던 부대원들은 무사히 복귀했는지 아니면 자신처럼 낙오자가 되었는지, 또 부대는 어디로 이동을 했는지 궁금했다. 승도는 복잡한 심경만큼이나 배 속이 묵직했다. 어제 과하게 삼킨 제사 음식이 똥으로 변한 모양이었다. 변소는 대문 옆에 붙어 있었다. 마당 가운데 작은 꽃밭에는 어제 보지 못한 붉은 장미가 탐스럽게 피어 있었다. 그친 빗물을 머금은 꽃잎은 은은한 향기를 피워 냈고, 그 향기를 들이마시며 승도는 변소로 향했다. 바지를 까고 쭈그려 앉으니 복잡한 마음이 한결 편안해지는 느낌이었다. 며칠 동안 제대로 볼일을 보지 못한 승도는 한가로운 화장실 안의 볼일이 공휴일 한낮처럼 나른한 여유를 느끼게 했다.

"어르신, 별일 없으세요? 동사무소에서 나왔습니다."

갑자기 대문 두드리는 소리가 들렸다. 승도는 바짝 긴장한 채 밀려 나오는 똥을 애써 잡아맸다.

"김 주사님! 여기 어르신 부부도 영광 아들 집으로 피난살이 가고 없어요. 난리가 끝나면 전화 달라고, 그때 오겠다고, 아들네 전화번호를 남기고 가셨어요."

"그러게요, 통장님 말씀처럼 아무도 안 계신가 봐요. 동네에 사람 있는 집이 몇 집 없네요. 한편 다행이다 싶기도 하고."

동사무소 직원과 통장이 이 집 저 집 대문을 두드리며 주민의 안전을 확인하고 있었다. 하지만 집 안에 사람이 있는 집은 몇 집 되지 않는 모양이었다. 대문 앞의 기척이 멀어지자 승도는 그제야 참았던 똥을 밀어냈다. 크고 두툼한 똥이 항문을 훑으며 시원하게 밀려 나왔다.

배 속을 비워 낸 승도는 설탕을 많이 넣은 단 커피를 마셨다. 노부부가 평소 커피를 즐겨 마셨는지 커피와 프리마 그리고 설탕 통이 소반에 담긴 채 마루에 놓여 있었다. 포트도 그 옆에 나란히 세워져 있었다. 봄비가 한차례 긋고 지나간 마당을 바라보며 마시는 커피는 한가로운 고향 집 풍경을 떠올렸다. 경북 봉화가 고향인 승도는 겨울 방학 내내 집 안에 갇힌 채 산골의 눈과 하늘만 바라봐야 했다. 볕이 좋은 날이면 가족들은 마루에 나앉아 화로 위에서 끓어오르는 송이 죽을 후후 불어 가며 떠먹었다. 산속의 곰이나 비둘기나 다람쥐와 다를 바 없는 삶이었다. 이런 복잡한 난리와는 너무도 먼 삶이었다. 한동안 감상에 젖어 있던 승도는 겨우 자리를 털고 일어섰다. 더 이상 감정이 물렁해져서는 안 될 것 같은 위기감 때문이었다. 승도는 엄연히 군인 신분이고 밖은 전쟁터나 다름없었다. 승도는 마루 귀퉁이의 신발장을 열어 적당한 신발이 있는지 찾았다. 다행히 노부부의 아들이 신었던 것으로 보이는 헌 운동화 한 켤레가 발에 맞았다. 괜히 군복을 입고 나섰다가 시민들에게 봉변을 당할 수 있었기에 평상복 차림을 할 수밖에 없었다. 승도는 밖의 기척을 살피며 조용히 대문을 열었다. 골목에는 아직 지워지지 않은 놈의 핏자국이 그대로 이어져 있었다. 애써 핏자국을 외면한 승도는 빠른 걸음으로 골목을 벗어났다.

승도는 노부부의 집골목을 벗어나 대로변을 걸었다. 차량에 탑승한 시위대와 걸어서 이동하는 시위대가 한곳으로 향하고 있었다. 구호를 외치며 걷는 시위대의 손에 더러 각목이 들려있었다. 승도는 그들과 거리를 둔 채 따라 걸었다. 시위대가 운집한 곳에 군인들도 대치하고 있을 것이었다. 10여 분 따라 걸으니 전남도청이 나왔고 11공수여단이 그 주변을 에워싸고 있었다. 승도는 군복을 보는 순간 반가운 마음이 들었고 자신의 부대가 어디로 이동했는지 물어보고 싶었다. 11공수여단을 향해 서너 발 내딛던 승도는 그만 멈춰 섰다. 한 손에 중화요리 배달 통을 든 채 자전거를 타고 가는 배달원을 뒤따라간 공수부대원이 자전거의 뒷바퀴를 걷어찼다. 갑자기 배달 통과 함께 바닥으로 꼬꾸라진 배달원은 엉치뼈를 쓸어내렸고, 순식간에 달려든 공수부대원 두 명이 그런 배달원을 군홧발로 사정없이 걷어찼다. 시위대도 아닌 자신에게 무슨 위해를 가할까 방심한 채 도로를 건너던 배달원은 바닥에 엎어진 짬뽕 국물 위에서 죽도록 두들겨 맞았다. 공수부대원들은 배달원을 본보기로 시위대를 향한 겁박 겸 실력 과시를 해 보인 모양이었다. 축 널브러진 배달원의 다리를 각기 하나씩 잡은 공수부대원은 배달원을 질질 끌어다 트럭에 옮겨 실었다. 승도는 그 순간 자신이 민간인 복장이라는 사실을 깨닫고 저만치 물러섰다. 그대로 공수부대에 다가섰다가는 부지불식간에 배달원 꼴을 당할 수 있었다. 공수부대원들은 독이 바짝 오른 상태가 분명했다. 11공수여단은 전남도청을 점령한 채 단단히 막아서 있었고, 금남로를 점거한 시위대는 버스며 택시를 앞세워 방어선을 뚫으려 투석전을 펼치고 있었다. 승도는 군인도 아니고 시위대도 아닌 어정쩡한 상태로 공수부대와 시위대 사이에 끼어 있었다. 승도는 어떻게 이렇게 많은 시민들이 시위대에 합류했을까 갑자기 궁금증이 일었다. 공수부대의 인정사정없는 진압 때문에라도 동조하거나 나서기가 쉽지 않았을 것이었다. 공수부대의 바짝 오른 독기만큼이나 시위대의 시위도 격렬했다. 시위대의 맨 앞에 선 남자가

리어카를 끌며 태극기를 흔들어 보이자 시위대의 함성이 크게 울려 퍼졌다. 승도는 무심코 남자가 끄는 리어카를 바라보던 중 깜짝 놀라고 말았다. 사람의 다리 네 개가 그들을 덮고 있는 태극기 아래로 죽은 짐승의 그것처럼 시커멓게 드러나 보였다. 시위대는 두 구의 시체를 리어카에 실은 채 절규하듯 시위를 하고 있었던 것이다.

오후 1시, 도청 스피커에서 애국가가 울려 퍼졌다. 한 사람씩 나와서 모두 발언을 하던 시위대는 잠시 발언을 중단한 채 애국가를 따라 불렀다. 승도도 함께 애국가를 따라 불렀다. 공수부대도 시위대도 국가와 국민을 위해 나왔기에 애국가를 함께 부를 수 있었다. "대한사람 대한으로~~" 타다당- 탕-탕-탕-, 갑자기 애국가에 총알이 날아들었다. 전혀 예상하지 못한 상황이었기에 사람들은 한동안 멍한 상태였다가 갑자기 비명을 지르며 흩어지기 시작했다. 도청 앞과 금남로 건물 옥상에 배치된 공수부대원들이 그런 시위대를 향해 조준 사격을 했다. 시위대의 몸에서 피가 뿜어져 나왔고, 베어진 나무처럼 퍽퍽 쓰러졌다. 승도는 갑자기 일어난 유혈 사태가 믿기지 않았다. 비무장 상태인 시민들을 향해, 그것도 조준 사격을 하다니 명백히 군 수칙에 어긋나는 행위였다. 아무래도 잘못된 명령이 하달된 모양이었다. 승도는 본능적으로 쓰러진 시위대를 향해 뛰어들었다. 허벅지에 총알을 맞고 쓰러진 대학생이 버둥거리고 있었다. 승도는 대학생을 한쪽 어깨에 들쳐 메고 도로 밖으로 뛰었다. 그 순간에도 발사된 총알은 도로 위에서 빗물이 튀듯 팡팡 튕겨 나갔다. 승도는 사람들에게 대학생을 인계해 주고 또 달려 나갔다. 선명한 핏자국들이 금남로 여기저기 꽃잎처럼 번졌다. 쓰러진 여자의 몸에서 흘러나온 피에서 아지랑이가 피어올랐다. 여자를 들쳐 업은 승노의 등에서 뜨뜻한 피가 적셔져 왔다. 여자는 가슴에 관통상을 입은 채로였다. 도롯가에 여자를 내려놓았을 때 아쉽게도 여자의 숨은 끊어진 상태였다. 어쩌면 승도가 여자를 업었을 순간에 이미 목숨이 끊어진 상태였는지도 몰랐다.

"형씨! 용감한 것도 용감하지만 날쌔기가 똑 야생마 같습디다. 보통 사람은 총소리만 들어도 다리가 후들거려서 한 발 떼기가 무서운디, 그 총알 비를 뚫고 부상자를 업어 나르다니…… 참말로 지켜보는 우덜이 다 조마조마헙디다."

"……"

승도는 그렇게 시민군이 되었다. 총상자를 부축해서 안전한 곳으로 옮겼고, 병원까지 데려가는 것을 돕다가 급기야 총까지 들게 되었다. 승도는 스스로 시민군이 되려는 것은 아니었지만 사람들은 그를 시민군으로 추켜세웠다.

"자 요놈 받으쇼. 형씨처럼 용감헌 사람이 총얼 들어야 시민군 사기도 치솟고 폼도 안 나겄소."

버스를 이용해 부상자들을 실어 나르는 중이었다. 자신을 예비역 대위라고 밝힌 남자가 함께 타고 있던 고등학생의 손에 들린 M16을 빼앗아 승도에게 건네주었다. 계엄군에게서 빼앗은 것인 모양이었다. 승도는 얼떨결에 총을 받아 들기는 했지만 기분이 묘했다. 똑같은 총이었지만 총구를 달리해야 하는 상황이 쉽게 납득되지 않았다. 탄창을 확인해 보니 진짜 총알이 장전되어 있었다.

"근디, 학생은 아닌 것 같고…… 이런 난리 통에 뜻을 같이한다는 것도 인연이라면 큰 인연인디 통성명이나 좀 하십시다."

"……아, 저는 광주 사람은 아니구요. 친척 집에 왔다가 발이 묶여서 그만……."

"왔따, 모다 박수 한번 칩시다. 광주 분도 아닌디 이렇게 위험을 무릅쓰고 나서 주시니 우리가 큰 빚을 진 것 아니라고요."

예비역 대위를 따라서 버스 안의 사람들이 승도에게 박수를 보냈다. 승도는 멋쩍게 웃으며 고개를 숙여 보였지만 마음은 무거웠다. 상황이 영 예기치 않은 방향으로 흘러가고 있었다. 몸통은 하나인데 머리는 둘 달린 메두사처럼 혼란스러웠다. 그런 와중에도 승도는 고향과 이름을 바르게 말했다. 왠지 그것들을 꾸며 내고 싶지 않았다. 그것마저 꾸며 낸다면 이 참혹한 현실을 모욕하는 것이라 생각했다.

"살인군대 공수부대를 몰아내자. 몰아내자 몰아내자."

누군가 구호를 선창하자 함께 타고 있던 사람들이 따라 외쳤다. 승도는 차마 구호 소리가 목구멍 밖으로 나오지 않았지만, 총을 들지 않은 한쪽 팔을 흔들어 구호에 동참했다. 군복을 입었을 때도 똑같은 총을 들고 있었지만, 총의 무게만큼은 그때와 비교할 수 없었다. 승도는 지금의 총이 너무 무거웠다. 총이란 것이 누군가의 목숨을 실제로 빼앗을 수 있다는 사실을 실감했기 때문이었다. 그 무섭고도 무거운 총을 들고 있는 승도는 마음마저 복잡했다.

전남대병원 앞을 지나던 중 버스에 서너 발 총알이 날아들었다. 버스는 중심을 잃고 흔들리다 가로수를 들이받고 멈춰 섰다. 운전자가 어깨에 총상을 입은 채 피를 흘리고 있었다. 사정거리 안쪽의 전방에서 군인들 십여 명이 번갈아 총을 난사했다. 예비역 대위와 승도 그리고 총을 가진 또 한 사람이 군인들을 향해 대응 사격을 했다. 설마 총기를 가졌을 것이라고는 생각지 못했는지 군인들은 잠시 후 어딘가로 사라져 버렸다. 총상 입은 운전자를 전남대병원으로 급히 옮겼다. 병원은 이미 부상자들로 넘쳐 나서 의사를 찾기도 쉽지 않았다.

저녁이 되자 군인들은 시내 외곽으로 철수했고 시민들은 시내 곳곳으로 쏟아져 나와 만세를 불렀다. 시민군이 계엄군을 몰아냈다며 흥분을 감추지 못하는 사람들을 보면서 승도는 불안했다. 계엄군은 시민들의 주검과 총기 휴대로 인한 과열을 진정시키고자 관망 상태로 돌아선 것이 분명했다. 화력으로나 전술로나 계엄군이 시민군에게 밀릴 이유는 없었다.

예비역 대위는 승도를 비롯한 일련의 사람들을 이끌고 어딘가로 향했다. 그가 끌고 간 돼지 불고깃집은 고추장 양념을 바른 돼지고기를 연탄불에 구워 내는 집이었다. 불고기보다 피어오르는 연기가 더 맛있는 집이었다. 불고깃집 건너편에는 한눈에 보기에도 대지가 넓은 한옥 주택이 있었다. 승도는 불고기를 목구멍으로 밀어 넣는 사이에도 자꾸만 그 집 담장 너머로 눈길이 갔다. 학의 날개 같기도 하고 흘린 구름 같기도 하고 입 벌린 꽃잎 같기도 한 지붕의 자태가 돼지고기보다 더 구미를 당겼다. 눈과 입을 각각 따로 부리는 승도를 쳐다보던 예비역 대위는 그 집이 광주고속 박인천 회장의 집이라고 귀띔했다. 오늘 금남로 시위에 동원된 버스 중 광주고속 버스도 상당수였다고 덧붙였다.

"아따 참말로 이 난리 통이 복잡스럽기는 혀도 광주시민덜이 모다 항꾼에 똘똘 뭉쳐서 하나가 되고 본께 그것도 영 재미지고 가심이 뜨

거와지고 눈물 나게 광주시민이 자랑스러와볼고 내 평상 이런 날이
또 있으까 싶어라."

불고깃집 여주인은 손님들 주전자에 막걸리를 한 바가지씩 덤으로
퍼 주며 눈물을 찔끔거렸다. 직접 담근다는 막걸리는 여주인의 눈물
이 떨어져서 그런지 제법 곰삭은 맛이 났다. 승도는 막걸리에 불고기
를 삼키면서도 짐짓 마음은 질경이 뿌리를 씹는 것처럼 편치 않았다.
이쪽도 아니고 저쪽도 아닌 어정쩡한 사이에서 죄인 된 기분을 떨쳐
내지 못했다. 사람이 죽어 나지만 않았더라도 덜 심란했겠지만 입맛
이 영 당기지 않았다. 승도는 술맛도 제대로 느끼지 못한 채 거푸 술
잔을 비워 냈다.

"형씨! 내 집에 가서 한잔 더 하십시다. 집에 노부모님이 계시는데
형씨를 소개시켜 드리고 싶어서 그래요. 내가 어렸을 때부터 집에 좋
은 친구 데려오는 것을 부모님이 무척 반기셨거든. 분명히 부모님도
형씨를 좋아하실 거요. 그리고 무엇보다 내가 형씨하고 그냥 헤어지
기 너무 섭섭해서……"

예비역 대위는 사람에게 경계가 없고 진솔해서 누구든 마음이 기
울게 하는 사람이었다. 승도는 그래서 더 그의 호의를 거절하고 싶었
다. 자신의 위선이 예비역 대위에게 상처를 줄 수 있지 않을까, 반대
로 예비역 대위의 선함으로 자신의 민낯에 더 직면하지는 않을까 내
심 두려웠다. 하지만 거절하기에는 예비역 대위의 눈길이 너무 맑아
서 승도의 울타리는 헐겁게 무너지고 말았다. 승도는 어쩔 수 없는 심
정으로 예비역 대위의 뒤를 따랐다. 예비역 대위의 집은 농장다리 옆
의 동명동이었다. 동네는 깔끔했고 품위가 느껴지는 부촌이었다. 예

비역 대위의 집은 작은 마당이 딸린 2층 양옥이었다.

"아들아! 문 열어라 아빠다."

예비역 대위는 대문 앞에서 다섯 살이라는 그의 아들을 크게 불렀다. 술 탓도 있겠지만 계엄군을 몰아냈다는 우쭐함도 한몫한 듯 보였다. 잠시 후 열린 대문으로 얼굴을 보인 사람은 그의 아들이 아닌 부친과 노모였다.

"아멈! 왜 이제야 오는가. 아, 글씨 사둔 학생이 병원에 있다고 연락이 와서 며늘아가 해금판에 부리나케 쫓아갔네. 아무래도 어디가 많이 상헌 모양이여."

예비역 대위의 노부모는 하소연할 사람이라도 만난 듯 안타까운 얼굴을 해 보였다. 온화한 낯빛에 근심과 걱정이 덧씌워진 모습이었다. 예비역 대위의 얼굴에서 순간 열꽃 같은 긴장감이 피어올랐다. 예비역 대위는 경황이 없는 중에도 노부모에게 승도를 소개했다. 뜻밖의 소식에 승도도 당황하기는 마찬가지였지만 노부모는 따뜻하게 손을 잡아 주었다. 승도는 저도 모르게 콧등이 시큰해졌다. 고향의 부모님 생각 때문일 수도 있고, 또 누군가에게 위로받고 싶었던 마음에서일 수도 있었다. 박힌 얼음이 녹듯 막힌 숨이 트이는 느낌이었다. 노부모와의 짧은 만남을 뒤로한 채 승도는 예비역 대위를 따라서 그의 처남이 있다는 병원으로 향했다. 예비역 대위는 결혼 후 그의 처부모가 한 해 차이로 연거푸 돌아가시면서 처남을 돌보게 되었다고 했다. 어제 처남은 집에 들어오지 않았고, 종종 있는 일이어서 크게 신경 쓰지 않았다. 예비역 대위에게 처남은 친동생과 마찬가지였다. 아내와 그렇게 돌보기로 약속하고 정말 친동생처럼 보살펴 왔다. 예비역 대위는 빠르게 걸어 숨이 차는 와중에도 처남에 관한 얘기를 차분하게 들려줬다. 처남이 있다는 병원은 집에서 그리 멀지 않은 이십여 분 거리의 적십자병원이었다.

"여보, 동생이 이틀째 혼수상태래. 이대로 영 안 깨어날 수도 있다는데 어떡해……"

예비역 대위를 발견한 그의 아내는 왈칵 눈물부터 쏟아 냈다. 그녀의 치맛자락을 붙잡고 있는 다섯 살 아들까지 덩달아 울음보를 터뜨렸다. 침대에는 예비역 대위의 처남이 살아 있는 듯 죽은 듯 누워 있었다. 호박처럼 부풀어 오른 머리에 피 묻은 붕대가 휘감겨 있고, 눈두덩까지 부기가 내려앉아 있었다. 맥없이 풀린 눈동자로 멍하니 허공을 응시한 채 침대에 누웠는 예비역 대위의 처남은 아무리 봐도 저쪽 사람에 가까웠다.

침묵으로 정체를 숨기고 있는 승도의 민낯은 바짝 오그라 붙은 채 파르르 떨렸다. 지금껏 내면을 키워 내던 건강한 기운들이 일시에 꺼져 버리는 참담한 기분이었다. 예비역 대위의 처남에게도 승도에게도 다시 희망이라는 것이 돌아날 수 있을까. 황량한 들판은 찬바람만 일렁일 뿐이었다. 예비역 대위의 처남은 어제 실려 왔지만 오늘에서야 신원이 확인되어 집에 연락이 되었다고 했다. 병원 전체가 비슷한 환자들로 넘쳐 났다. 곤봉이나 개머리판에 맞은 환자들은 하나같이 머리가 깨져 있었고, 군홧발에 심하게 차이고 밟힌 환자들은 뼈가 부러지거나 온몸이 성한 곳이 없었다. 또 앞날을 기약할 수 없는 총상 환자들도 부지기수였다.

더 이상 병원에 있을 수 없던 승도는 조용히 밖으로 나왔다. 가는 숨과 함께 다리가 후들거렸다. 이 모든 상황이 꿈이길 바라는 거스를 수 없는 두려움이 엄습했다. 승도는 흔들리는 다리로 절뚝거리며 걸었다. 광주의 하늘과 거리가 통째로 비틀거렸다. 적막한 핏빛 도시 광주의 밤 어디쯤 걷는 승도는 공허한 채로 어지러웠다. 달빛을 등진 승도의 그림자는 춤추듯 길 위에서 허청거렸다. 좀처럼 떨쳐 낼 수 없는 밤의 그림자가 두 다리를 사납게 물어뜯었다.

그날 밤 다시 노부부의 집에 기어든 승도는 어둠 속 구석지에 처박힌 채 바르르 몸을 떨었다. 귀신처럼 뒤따라온 예비역 대위의 처남이 보이지 않는 손으로 승도의 심장을 꽉 움켜쥐었다. 퉁퉁 부은 얼굴에 가려진 앳된 모습과 교련복 바지 그리고 상의에 부착된 광주고등학교 배지가 핏빛 악령의 눈알처럼 반짝였다. 막다른 골목에서 거리낌 없이 머리에 곤봉을 내리쳤던 바로 그 학생이었다. 스스로 만든 제단 위에 산 제물로 올려진 승도는 기도조차 나오지 않았다. 한 생명을 꺼져 들게 했다는, 그것도 앳된 고등학생이었다는 자책이 자꾸만 숨통을 조였다. 결코 벗어날 수 없는 불의 제단에 올려진 승도는 주체할 수 없는 두려움에 찬장의 담금술병을 집어 들었다. 거실 찬장에는 노부부가 담가 놓은 것으로 보이는 쑥주·마늘주·비파주·모과주 등이 나란히 진열되어 있었다. 승도는 모과주병을 들어서 벌컥벌컥 들이켰다. 죽음을 바라는 독약처럼 거침없이 마셔 댔다. 얼마나 마셨을까, 승도는 어느 순간 정신을 잃고 혼절해 버렸다.

다음 날 오후에야 간신히 눈을 뜬 승도는 '광주에서 탈출하고 싶다' 단 한 가지 생각밖에 없었다. 비겁한 마음이지만 그 모든 상황으로

부터 도망치고 싶었다. 어쩌면 '충정훈련'이라 일컫는 광주시민을 상대로 한 진압작전 자체가 잘못이었는지도 모를 일이었다. 광주시민을 불쏘시개로 불온한 불길을 피워 낸 것은 아닐까 의구심이 들기도 했다. 승도는 노부부를 향한 간략한 메모를 남겼다. 무단으로 침입해서 폐를 끼친 점을 사과하는 내용이었다. 그런다고 용서가 될 일은 아니었지만 그렇게밖에 달리 할 도리가 없었다. 승도는 노부부에게 나중 총기류를 관공서에 반납해 달라는 내용도 첨부했다. 광주는 계엄군이 외곽으로 물러가고 시민군이 점령한 상태였다. 자칫, 총과 방독면 그리고 철모와 군복을 소지하고 나섰다가 공수부대원 신분이 발각되기라도 하는 날에는 참혹한 일이 벌어질 수도 있었다. 승도는 사복 차림의 맨몸으로 노부부의 집을 나서 무조건 북쪽을 향해 걸었다. 야간훈련하듯 산을 넘어 광주를 벗어난 승도는 다음 날 아침에야 장성에 도착할 수 있었다. 장성에서부터 열차와 버스가 다녔다.

본능처럼 고향 집으로 숨어든 승도는 내리 이틀을 쓰러져 잤다. 썩은 둥치에 들앉은 곰처럼 죽은 듯 웅크린 채로였다. 육신은 수없이 굴러서 닳고 휘어진 쇠바퀴 같았고, 마음은 더 이상 받아 낼 재간이 없는 늙은 창녀의 자궁 같았다. 갑자기 늙어 버린 승도는 몸과 마음에 구멍이 숭숭 뚫린 채 헐렁했다. 단 며칠 동안이 평생을 살아 낸 것처럼 마음속 먼지가 켜켜이 쌓아진 상태였다. 스스로 깨어 있기를 거부한 승도는 무의식 속에 자신을 유폐시키는 것으로 현실을 도피했다. 하지만 꿈속 도피성도 영원할 수는 없어서, '폭도들에 점령되었던 광주가 계엄군의 군사작전으로 무사히 탈환되었다'는 라디오 뉴스를 통해 승도는 어쩔 수 없이 깨어날 수밖에 없었다.

부대에 복귀한 승도는 텅 빈 내무반에 당황했다. 광주의 상황은 종료되었지만 아직 부대원들은 복귀하지 않은 상태였다. 승도는 부대에 복귀하고 채 반나절도 지나지 않아 군 헌병대에 체포되어 조사를 받았다. 죄목은 '총기휴대 군무이탈죄'와 '군용물 분실죄'였다. 총기를 휴대한 채 군인 업무에서 이탈했으며, 총기 등 군용에 사용되는 물건을 잃어버린 죄였다. 조사관은 승도에게 최대 사형이나 무기 또는 5년 이하의 징역에 처할 수 있다며 겁박했다.

"야이, 민방위 똥구멍 핥을 새꺄, 빨갱이 새끼들 잡아들이라고 내보냈더니 계집애처럼 잡혀서 감금당하고 총까지 뺐겨? 차라리 칵―뒈졌더라면 부대 명예라도 지키지."

조사라기보다는 욕보이고 두들겨 패는 게 목적인 듯 보였다. 호빵처럼 부풀어 오른 양쪽 뺨은 얼얼한 채 감각이 없었고, 수시로 까이는 조인트는 뼈가 곪을 정도였다. 두들겨 패기가 지치면 진술서를 강요했다. 사실대로 진술서를 쓸 수 없었던 승도는 시위대에 사로잡혀 어딘가로 끌려갔고, 며칠 동안 감금되어 있다가 간신히 몸만 빠져나왔다고 적었다. 하지만 조사관은 애초부터 진술 내용에는 관심이 없는 듯 작성된 진술서를 읽어 보지도 않고 찢어 버렸다. 조사는 구타와 진술서 쓰기의 반복이었다. 몸은 성한 곳이 없었고, 진술서 내용은 줄줄 외울 정도였다. 보름을 넘겨 헌병대에서 풀려난 승도는 다른 사람의 부축을 받아 겨우 부대에 복귀할 만큼 만신창이었다. 그런 와중에도 승도를 놀라게 한 것은 설마 했던 총과 방독면 그리고 철모와 군복이 부대에 돌아와 있다는 사실이었다. 광주의 상황이 완전히 진압된 이후에도 부대는 만일을 대비해 무등산에 텐트를 친 채 주둔해 있었다고 했다. 상황이 종료되고 군경은 시민군이나 시민들로부터 총기류를 반납 받았고 승도의 것도 그때 반납되어 돌아왔다고 했다. 피난 갔던 노부부가 집에 돌아와 승도의 군용물을 자진 신고한 모양이었다. 그러니까 처음부터 헌병대 조사원은 승도의 군용물이 수거되었다는 사실을 알고 있었던 것이다.

승도는 부대원들에게 의기소침한 채 얼굴을 들지 못했지만 다들 대수롭잖게 생각했다. 승도처럼 군용물을 빼앗긴 부대원들이 더러 있었던 모양이었다. 물론 승도처럼 행방불명인 채로 탈영한 병사는 없었다. 하지만 군대란 알 수 없는 곳이어서 승도는 행방불명되었던 이력에도 불구하고 부대장 표창을 받았다. 표창 사유는 '광주진압작전 중 용감한 군인정신 발휘'였다. 부대장이 자신의 진급을 위해서 헌병대에 힘을 써 '탈영'이 아닌 '시위대에 잡혔음에도 불구하고 용감한 군인 정신으로 탈출'로 조서를 바꿔 꾸민 결과였다.

승도는 병장 제대와 함께 장기 복무의 꿈을 접고 민간인 신분으로 돌아섰다. 더 이상 군복이 명예롭게 생각되지 않았기 때문이었다. 국가와 국민을 위한다는 군인의 사명은 광주와 광주시민을 향한 총구에서 사실이 아님이 증명되었다. 승도는 스스로 거짓 군인의 사명을 세뇌시키며 평생 군복을 입고 살아갈 자신이 없었다. 승도는 할 수만 있다면 광주의 기억으로부터 영원히 벗어나고 싶었다. 도저히 인간으로서 떳떳하게 살아갈 수 없을 것 같은 화인이 찍힌 듯 뜨겁고 아팠다.

승도는 광주가 아닌 대한민국을 떠날 생각으로 해외 취업을 알아보았다. 대한민국을 떠나는 것만이 유일하게 광주의 기억으로부터 벗어나는 길이라 생각했다. 승도는 우연히 읽게 된 신문 광고란에서 병아리 감별사의 해외 취업을 알게 되었다. 승도는 곧바로 학원에 등록해 하루 12시간씩 병아리 똥구멍을 쳐다보는 노력 끝에 독일 취업 비자를 얻게 되었다. 이후 독일에 정착해 결혼도 하고 새로운 삶도 꾸렸다. 그렇게 시간이 흘러 광주의 기억은 억지로라도 천천히 지워지고 있었다. 그러던 중 어느 날 무심히 틀어 놓은 한국 방송을 보다가 등골이 오싹한 장면을 목격하고 말았다. 대한민국의 보수 성향 박사가 5·18 당시의 사진 속 어떤 인물을 가리켜 '광수30'이라고 특정하고 있었다. 사진 속 남성은 머리띠를 두른 채 곤봉을 들고 버스 뒤 칸에 타고 있었다. '광수30'이라 일컬어진 사람은 다름 아닌 승도 자신이었다. 보수 성향의 박사가 지목한 수많은 '광수'는 북한에서 남파된 북한군 특수부대원으로 명명되고 있었다. 승도는 어쩌다 보니 공수부대원으로 광주에 가게 되었고, 사람을 상하게 했으며, 시민군이 되었고, 바라지도 않은 부대장 표창까지 받았는가 하면, 이제 광수라는 이름의 북한군 특수부대원이 되어 있었다. 아무리 지우려 해도, 아무리 외면하려 해도, 결코 벗어날 수 없는 그날의 고삐 앞에서 승도는 그만 무릎이 꺾이고 말았다. 한평생 회피하고 도망쳤지만 결국 보이지 않는 실체는 여전히 살아서 버린 날을 들이대고 있었다. 일상 속에서 불현듯 맞닥뜨리는, 곤봉에 머리가 깨진 얼룩무늬 교련복 바지의 섬뜩한 형상처럼.

생선매운탕

이제 광주는 촉에게 너무 먼 곳으로의 여행을 떠올리게 했다. 고속열차를 외면한 채 굳이 무궁화호를 선택한 이유도 그런 때문이었다. 빠르게 도달할 수 없는, 빠르게 도달해서는 안 될 것 같은 과거로의 회귀가 발뒤꿈치를 물어뜯었다. 촉은 광주를 떠올릴 때마다 명치끝이 받치는 묵은 감정이 치밀어 오르곤 했다. 그것은 꿈틀거리면 더욱 선명해지는 내면 깊숙한 얼룩과 같아서 불현듯 자신을 일깨우곤 하는 것이었다. 평일 오전 열차는 텅 빈 내장 속처럼 적요하고 나른했다. 마치 의자의 등받이에 머리를 기대면 오래전 꿈을 꾸게 될 것만 같은 몽환적 상상이 피어오르는 것이었다. 누군가의 장례식 때였으니 몇 년 만이었나. 새벽까지 장례식장에서 졸다가 첫차를 타고 서둘러 되돌아왔던 기억이 박힌 가시처럼 아렸다. 열차가 쇠바퀴를 굴려 미끄러져 나아갔다. 불현듯 광주를 떠올린 이유는 무엇이었을까. 비가 닥치려는지 먹구름이 전봇대 높이로 내려앉고 있었다. 무작정 나선 길이었기에 일기도 살피지 못한 채로였다. 늘 닥친 상황에 급급하거나 애써 무덤덤해 보였던 촉은 구심점이 되어 줄 그 무엇을 상실한 채 줄 곧 막다른 끝으로 내달리는 중이었다.

촉이 광주를 떠나온 것은 국민학교를 졸업하던 해였다. 아무런 계획도 없이 무작정 가족을 서울로 이끈 아버지는 그쯤 거의 말을 잃어버린 상태였다. 아버지의 혼을 쏙 빼먹어 버린 그 무엇은 악령의 눈동자처럼 가족의 뒷덜미를 잡아챘다.

서울이라고 하기에는 너무 누추한 무악동 산비탈 집은, 집이라고 칭하기에도 뭣한 아늑함이라고는 찾아볼 수 없는, 또 누군가 몸을 뉘어야 할 고단한 인생의 한쪽 무대일 뿐이었다. 좁은 골목길을 오르면서부터 피어오르는 지린내는 낯선 서울살이의 모든 것을 대변했다. 촉의 집은 대문도 없는 두 집을 지나쳐 들어가야 하는 막다른 곳이었다. 어쩌면 한집 같기도 하고 어쩌면 세 집 같기도 한 그곳은 봐도 못 본 척 들어도 못 들은 척 그냥 지나쳐야 살 수 있는 곳이었다. 화장실은 저 아래 아니면 더 높은 언덕배기까지 올라가야 했기에, 쌀을 씻고 세수를 하는 작은 수도의 수챗구멍에 대소변을 흘려보내야만 했다. 입구멍과 똥구멍이 하나인 삶은 오직 침묵만이 부끄러움과 두려움을 이겨 내는 방법이었다. 변소 문을 닫고 편안히 볼일을 볼 수 있는 안락함의 그리움은 종종 광주를 소환했지만 이미 떠나온 곳일 뿐이었다.

아버지는 어머니와 누나의 모멸감을 외면하려 부러 딱딱한 등껍질을 드러내 보였다. 아버지는 건설 자재를 지키는 야간 방우를 다녔고, 어머니는 독립문 로터리 뒤편 꽈배기 공장에서 밀가루 튀김을 떼어다 연세대와 이화여대 학생들을 상대로 얼마간 이문을 남겼다. 학생이 아니라면 그 누구도 밥벌이를 하지 않으면 안 되는 빈민가의 아침은 볼수록 생경했다. 그렇게 누추한 골목 사이사이에서 말끔하게 차려 입은 사람들이 수없이 쏟아져 나오는 아침은 정신이 혼미할 지경이었 다. 겉만 봐서는 도저히 빈민굴의 시궁쥐를 떠올릴 수 없을 변복한 사 람들은 겉모습뿐 아니라 내면까지 바뀌어 있었다. 촉은 그 생경한 아 침을 목도하면서 처음으로 유체 이탈을 경험했다. 그러면서 또 촉도 변복의 일상 속으로 한발 미끄러져 들어갔다.

　너른 광주역 광장은 뜨악할 정도로 한산했다. 손님을 기다리는 택 시만 늘어선 광장은 석류처럼 속이 벌어진 채 무방비 상태로 익어 가 고 있었다. 한차례 소나기가 긋고 갔는지 한여름 열기 속에서 비릿한 바람이 휘돌았다. 어디로 갈까. 창밖으로 한쪽 팔을 늘어뜨린 택시 기 사의 눈길도 촉의 행선지를 묻고 있기는 마찬가지였다. 촉은 택시 기 사의 눈길을 지나쳐 무연히 발길을 내딛었다. 광주는 생각보다 몸이 먼저 반응하는 곳이었다. 발은 지워진 기억을 소환하듯 더듬거려 길 을 찾았다. 효천역에서 남광주역을 거쳐 광주역까지 이어지던 철로는 이제 사라지고 없었다. 대신 산책로가 조성되어 도심의 골목 역할을 했다.

　촉은 큰 도로변 인도를 마다한 채 부러 산책로를 찾아들었다. 촉 의 집은 조선대학교가 바라보이는 서석동 기찻길 옆이었다. 방에 누 워 있으면 등에 레일이 깔린 것처럼 다르르— 진동이 느껴지는 곳이었 다. 그 느낌이 신기해서 촉은 기차가 지날 때마다 부러 방바닥에 등을 댄 채 눈을 감곤 했다. 아련한 꿈을 꾸게 하는 기차의 진동은 아주 멀리싸시 촉을 데리가곤 했다.

산책로에는 기차의 진동에 맞춰 뿌리를 내렸을 늙은 사철나무와 동백나무들이 늘어서 있었고, 새롭게 심긴 철쭉이며 갖가지 꽃나무들이 고만고만하게 자라고 있었다. 촉은 산책로를 걷는 동안 다시 작아져서 유년 시절로 돌아가는 느낌이었다. 조선대학교 운동장에서 고무공을 주먹으로 쳐서 한 바퀴 돌아 점수를 내는 야구 비슷한 '하루'라는 게임을 친구들이랑 했던 기억을 떠올렸다. 운동장은 너무도 넓어서 한 번 공이 빠지면 한참을 걸어서 주워 와야 했다. 수위 아저씨가 쫓아오면 도망치는 반복을 늘 되풀이하곤 했지만 지루함과는 거리가 먼 술래잡기 같은 일상이었다.

옛집은 카페로 변해 있었다. 기찻길 옆으로 새롭게 조성된 문화의 거리는 아직 변신 중이었다. 그렇다 한들 기차 소리보다 더 깊은 정감을 품어 낼 수는 없을 것이었다. 촉은 카페 안으로 들어섰다. 옛집 부엌 자리에 커피 볶는 기계가 덩그러니 놓여 있었다. 그곳에 웅크린 어머니의 등이 보였다. 연탄아궁이에서 어머니는 밥도 하고 고등어도 굽고 촉의 축축한 운동화도 말려 줬다.

작은 마당이 있던 자리의 테이블에 앉은 촉은 더블 샷이 추가된 아메리카노를 주문했다. 창자가 아릴 만큼 쓴 커피라면 그날의 기억을 고통 없이 불러낼 수 있을까. 본채에 딸린 작은 곁방에는 고모의 아들이, 그러니까 고향 벌교에서 올라온 대학생 삼촌이 지내고 있었다. 2년째 하숙 겸 보살핌을 받고 있는 삼촌은 수재 소리를 듣는 집안의 자랑이었다. 그런 그가 학생운동에 앞장섰고, 노심초사 아버지의 간장을 녹이던 80년 5월 어느 날, 한밤중 집 안으로 들이닥친 형사들에게 초주검이 되어 끌려가는 사건이 벌어졌다.

마당에 끌려 나온 삼촌은 네댓 명의 형사들에게 무차별 구둣발 세례를 받았다. 흰 면 티에 반바지 차림이었던 삼촌은 온몸이 빨간 크레파스로 그어 놓은 것처럼 핏빛 구둣발 무늬로 얼룩졌다. 아버지가 달려들어 말려 보았지만 건장한 형사의 주먹에 옆구리를 얻어맞고 풀썩 꼬꾸라졌을 뿐이었다. 살갗이 까이면서 부풀어 오르는 난잡한 구둣발 자국은 영원히 지워지지 않을 화인처럼 강렬했다.

삼촌은 겨우 숨만 내쉴 정도로 축 늘어진 채 형사들에 끌려갔고 한순간 집안은 엎어진 밥상처럼 심란한 지경이 되고 말았다. 하지만 상황은 그것으로 끝나지 않았다. 형사들은 뭔가를 찾기 위해 다음 날 또 한차례 집뒤짐을 했고, 아버지까지 끌려가 심한 문초를 당해야 했다. 촉은 형사들이 찾는 그것이 무엇인지 알고 있었다. 어쩌면 그날 밤 촉이 삼촌 방에서 과외를 받고 있지 않았더라면 아무것도 모른 채 삼촌만 끌려가는 것으로 끝났을지도 모를 일이었다. 수피아여자고등학교 행정실 직원이었던 아버지는 삼촌과 다른 선택을 했고, 그 결과는 고모와 결별하는 급기야 삶의 터전이었던 광주를 떠나는 지경에까지 이르고야 말았다.

광고부 직원에게서 전화가 걸려 왔다. 광고주와 저녁 미팅이 잡혀 있었기에 일정 확인을 하려는 것이었다. 촉은 수신음이 끝날 때까지 통화 버튼을 누르지 않았다. 촉이 연락이 닿지 않으면 어쩔 수 없이 편집장이 직접 광고주와 미팅을 해야 할 것이었다. 광고주는 신중

하고 빈틈이 없는 사람이었다. 때문에 늘 첫 상대였던 촉과의 미팅만 고집했다. 출근하자마자 편집장은 촉에게 권고사직 이야기를 꺼냈다. 이유는 경영난이었지만 속사정은 따로 있었다. 촉은 대학 졸업 후 처음 입사한 시사 월간지 회사에서 지금껏 15년 근무했고, 편집장과도 줄곧 함께였다. 촉보다 여섯 살 위인 편집장은 촉이 입사했을 때 선배 기자로 기사 작성법을 알려 줬었다.

3년 전 편집장에 취임한 그는 원칙을 어기는 편집을 밀어붙이고 있었다. 광고를 염두에 둔 검증 안 된 기업주의 인터뷰 기사를 여러 차례 내보내고 있었다. 그것은 목마르다고 바닷물을 마시는 격이나 마찬가지였다. 여타 잡지나 신문에서 거르는 기업주는 그만한 이유가 있었다. 사회적으로 지탄받을 악덕 기업주이거나 신상이 지저분한 사람들이었다. 하지만 편집장은 그런 기업주를 푸싱했고, 그와 동향인 나 부장이 적극 거들었다. 결국 잡지는 신뢰가 떨어지면서 판매부수 하락으로 이어졌고 더불어 물고 있던 광고까지 떨어져 나가는 형국이었다. 인터넷판은 더 타격이 커서 항의성 댓글을 관리하기도 버거운 지경이었다.

편집장은 그 책임을 촉에게 씌우려는 것이었다. 책임을 져야 할 사람은 편집장이거나 나 부장이어야 했지만 그들은 회식 때마다 '우리가 남이가'를 외치는 강한 결속을 자랑하는 사이였다. 술잔을 부딪치며 '우리가 남이가'를 외치는 그들의 호기에는 은근한 우월감과 함께 다른 지역을, 특히 남쪽을 무시하는 터부가 짙게 배어 있었다. 취한 척 "야, 명 부장! 뭐하노 임마야, 니 새끼들 폭탄주 한 잔씩 안 처믹이고. 홍어가 가오리 안 챙기믄 누가 챙기겠노." 지껄이는 너스레 속에 야비한 비하가 숨겨져 있었다. 촉은 그런 그들을 상대로 아무렇지 않은 듯 싱겁게 웃어 보였지만 어쩔 수 없는 모멸감은 자꾸만 신경을 덧들였다.

촉은 영란에게 소식을 넣을까 말까 망설였다. 영란에게 촉은 용서될 수 없는 비겁자였다. 붉게 상기된 낯빛으로 파르르 떨던 그 눈빛을 촉은 매번 외면했었다. 촉은 회색 인간이 되어 버린 자신의 모습을 영란을 통해 확인할 때마다 자괴감에 빠져들곤 했다. 그렇게 철저한 촉의 외면 속에 외로운 투쟁을 이어 가던 영란은 급기야 부분 탈모를 겪게 되었고, 어느 날 망치를 들고 와 당시 부장이었던 편집장의 책상을 때려 부수는 것으로 거대한 벽에 한 조각 균열을 내고 사라졌다.

딱 한 번 억병으로 취한 영란을 집까지 바래다줬을 때 그녀는 가려는 촉의 손을 놓지 않았다. 외로움이었을지 구조를 바라는 간절함이었을지 줄곧 눈물을 흘리며 신음 소리를 내지르던 영란과의 교접은 촉에게 있어 다시 떠올리기 두려운 기억이었다. 자신의 자궁을 열어 놓은 채 온몸으로 절규하는 여자를 안은 촉은 세상에서 가장 비겁한 놈이라는 사실을 스스로 인정하는 고백 같은 사정을 쏟아 냈다. 그날의 연애는 영란이 촉에게 내리는 일종의 형벌이었다. 부장의 책상을 망치로 내려친 것과 방법만 다를 뿐 더 가혹한 영란의 몸부림이었다.

영란은 3년간의 회사 생활을 끝내고 고향인 광주로 내려가 병무청 공무원이 되었다. 공무원 되기가 물구나무서기만큼이나 수월하던 시절이었다. 부채감 때문이었을지 부끄러움 때문이었을지 촉은 영란을 만나러 딱 한 번 광주를 다녀간 적이 있었다. 영란은 광주로 내려온 후 부분 탈모가 사라지고 건강한 눈빛을 회복했다. 더 이상 불필요한 소모전의 상내가 없는 의식적 공동체 안에서 자유를 누리고 있었던 것이다.

촉은 갈수록 굽어 가는 아버지의 등을 생각해 상고에 진학했다. 어머니는 하루가 다르게 살집이 말라서 젖꼭지가 거의 갈비뼈에 들러붙은 형국이었다. 누나는 고등학교를 졸업하면서 인천의 기숙사가 딸린 전자 회사에 취직했다. 어쩔 수 없는 당연한 선택이었다. 촉이 진학한 학교는, 공부 좀 한다는 그러나 대학 갈 형편은 안 되는 학생들이 모인 곳이었다. 삶의 돌파구를 찾듯 촉은 자신을 벼랑 끝에 세워 둔 채 겁박하듯 혹사시켰다. 지린내가 몸속까지 파고드는 무악동 산비탈에서 벗어날 수 있는 길이 달리 없음을 촉은 잘 알고 있었다. 반에서 줄곧 1등을 놓치지 않았기에 5등까지 추천을 받을 수 있는 증권사에 무난히 추천을 받을 수 있었다. 88올림픽을 치르면서 막 증권사의 인기가 치솟던 때였다. 추천서를 앞에 둔 담임은 한참이나 말없이 촉을 바라보았다. 책상에는 두 장의 추천서가 놓여 있었다. 담임의 눈에 비친 스산함이 자꾸만 촉의 마음 한 귀퉁이를 할퀴어 보푸라기를 만들었다. 재떨이의 태우다 만 담배에서 흰 연기가 아슬아슬 피어올랐다.

"촉아, 니 은행을 가는 게 어떻겠노?"

"……"

난데없는 담임의 물음에 촉은 한동안 입이 떨어지지 않았다.

"내 이런 말 하는 기 옳은 긴가 모리겠다만은, 니가 증권사에 들어간다 케도 굴러묵기가 쪼매 에롭지 않으까 싶다. 어짜든 오지게 굴르다가 결국 복장 터져 나와 뿔지 않으까 내 걱정이 돼서 그란다 아이

가. 그기가 생각만큼 그리 만만한 데가 아이거든."

담임은 재떨이의 타들어 가는 담배를 집어 든 손으로 턱받침을 한 채 길게 연기를 들이마셨다 천천히 내뱉었다. 선생으로서 뭔가 해서는 안 될 말을 하는 것처럼, 그런 말을 하고 있는 자신의 궁핍한 신념에 자괴감을 느끼는 것처럼, 곤욕스러운 표정이었다. 담임과 촉 사이의 책상에는 증권사 추천서와 은행 추천서 두 장이 가로놓여 있었다.

"가고 싶습니다, 증권사. 아니 꼭 가야만 됩니다."

담임이 무슨 말을 하는지 촉은 알아듣지 못했다. 설령 알아들었다 한들 일말의 고민도 할 수 없었다. 지금껏 증권사 외에 다른 생각은 해 본 적이 없었기 때문이었다. 촉의 증권사 취업에 대한 희망은 아버지의 굽은 등과 어머니의 마른 젖가슴에 꽂힌 링거나 마찬가지였다.

"내사 모리는 게 아인데…… 그래, 고마 니 뜻대로 하자. 내사 괜히 씨부맀나 싶다."

담임은 더 이상 다른 말을 하지 않았다. 그리고 그 자리에서 증권사 추천서를 써 주었다.

형사들이 찾던 것은 수첩이었다. 그 작은 수첩은 불꽃 나비처럼 살아서 여기저기 불을 옮겼다. 지금도 그 수첩은 소멸하지 않고 어딘가에서 불씨를 전하고 있을 것이라 촉은 믿었다. 그날 그러니까 형사들이 급박하게 집 안으로 들이닥치던 그 순간 삼촌은 책갈피 사이에 꽂힌 검은 무엇인가를 황급히 촉의 바지 주머니 속으로 밀어 넣었다. 난데없는 삼촌의 행동에 촉은 움찔했지만 왠지 가만히 있어야 할 것만 같았다. 곧바로 형사들이 구둣발인 채로 방 안으로 쳐들어왔고 삼촌을 마당으로 끌어내 기차 없이 짓밟았다.

형사들이 삼촌을 끌고 간 후 한참이 지나서야 촉은 주머니 안의 것을 생각하게 되었고, 아버지에게 내보였다. 수첩을 살피는 아버지의 낯빛은 파리했다. 감당하지 못할 뭔가를 맞닥뜨린 표정이었다. 아버지의 어깨너머로 건너다본 수첩에는 삼촌과 함께 학생운동을 하는 사람들의 직책과 이름 그리고 연락처가 꼼꼼히 적혀 있었다. 아버지는 대로까지 나가 주변을 살핀 후 대문을 단단히 닫아건 채 장고에 들어갔다. 방바닥의 수첩을 내려다보며 연거푸 세 대째 담배를 피우는 아버지는 뭔가 중대한 결정을 해야만 하는 사람처럼 보였다. 아버지는 큰 대접이 찰찰 넘치도록 냉수를 따라서 벌컥벌컥 들이켠 후 전화기를 끌어당겼다. 그리고 수첩에 적힌 전화번호에 일일이 전화를 걸어 형사들이 잡으러 갈 테니 빨리 피신하라는 소식을 전했다.

다음 날 새벽, 날이 밝자마자 형사들이 들이닥쳤고 삼촌 수첩의 행방을 물었다. 고문을 못 견딘 삼촌이 수첩의 존재를 발설한 모양이었다. 아버지는 차분한 어조로 그것이 불온한 물건인 것 같아 연탄아궁이 속으로 던져 버렸노라 답했다. 하지만 아버지의 말을 의심한 형사들은 한바탕 집뒤짐을 했고, 수첩이 나오지 않자 아버지를 차에 태워 끌고 갔다. 형사들은 수첩만 내놓으면 당장 삼촌을 풀어 주겠노라 고문과 협박을 가했지만 아버지는 시종 연탄아궁이를 되뇌었고 사흘 후 만신창이인 채로 풀려났다. 집으로 돌아온 아버지가 제일 먼저 한 일은 마루 밑에 묻어 두었던 수첩을 꺼내 연탄아궁이 속으로 던져 넣는 것이었다. 수첩은 연탄아궁이 속에서 날갯짓하는 나비처럼 활활 타올랐고 아버지는 그 불길을 보면서 삼촌의 이름을 아프게 흐느꼈다.

삼촌은 상무대 수감을 거쳐 광주교도소에서 형을 살다가 결국 정신 이상을 보여 가석방인 채로 고향 벌교로 내려갔다. 집안의 자랑이던 삼촌은 겨우 똥오줌이나 가리는 정도의 반편이로 전락하고 말았던 것이다. 아버지는 고모와 고모부 앞에 무릎을 꿇고 더 많은 학생들을 살리고자 그랬노라 용서를 구했지만 끝내 고모는 아버지를 외면했다. 한동안 고통 속에 지내던 아버지는 살이 10kg이나 빠졌고, 이듬해 촉이 국민학교를 졸업하자 서둘러 광주를 떠난 후 끝내 발길을 하지 않았다.

"니는 매사가 와 이리 뻣뻣하노. 상황 따라 타협도 하고 유두리도 발휘할 줄도 알아야 일이 될 꺼 아이가. 누가 전라도 가시나 아니랄까 봐서."

"누가 경상도 머스마 아니랄까 봐서, 제가 이렇게 대꾸하면 좋으시겠습니까? 저는 전라도 가시나가 아니라 차장 김영란입니다."

"저– 저– 가시나 참말로……. 아침부터 기분 잡치고로, 저것들은 뼛속까지 반골이라 뿌라지든 뿌라졌지 절대 굽힐 줄을 몰라요."

영란은 자신의 직속 부장이었던 편집장과 사사건건 부딪쳤다. 영란은 편집장의 의뭉한 일 처리에 매번 원칙을 들이대며 날을 세웠고, 편집장은 그런 영란을 더욱 야비하게 물어뜯었다.

"딱 일주일 드리겠습니다. 부장님이 그만두시지 않으면 내가 그만두겠습니다. 대신 여기에 적힌 내용들을 전부 세상에 알리고 그만두겠습니다."

어느 날 영란은 편집장에게 최후통첩을 했다. 그동안 관행으로 치부했거나 알면서도 쉬쉬하던 편집장의 부정을 조목조목 기록한 내용이었다. 영란이 그렇게까지 돌발한 데는 그만한 이유가 있었다. 어느 날 영란에게 중요한 기사 제보가 한 건 들어왔다. 유력 정치인의 성폭행 사건이었다. 보좌관이었던 30대 여성이 정치인의 차 안에서 강압에 의한 성폭행을 당한 사건이었다. 속앓이를 하던 보좌관은 평소 친분이 있던 영란에게 제보를 했고, 영란은 분개한 나머지 공격적 기사 작성에 들어갔다. 당시 영란의 직속 부장이었던 편집장은 이 사실을 미리 보고받았고 같은 향우회 멤버였던 정치인에게 그 사실을 사전에 알려 버렸다.

정치인은 보좌관의 오빠가 운영하던 하청 공장의 원청을 움직여 일거리를 끊어 버렸다. 갑자기 일거리가 없어진 보좌관의 오빠는 돌아오는 어음에 은행 대출금까지 겹쳐 부도 처리될 판이었다. 보좌관의 오빠는 가족뿐 아니라 공장 식구들까지 하루아침에 밥줄이 사라지는 것을 두고 볼 수 없었다. 오빠의 회유에 설복당한 보좌관은 정치인과 합의를 할 수밖에 없었다. 보좌관은 영란에게 전화해 기사화하지 않겠다는, 전부 사실이 아니라는 내용을 전하면서 통곡하듯 펑펑 울었다. 영란이 정치인에게 제보를 팔았다고 생각한 보좌관은 원망이 가득한 목소리로 당신은 다른 사람이랑 좀 다를 줄 알았다는, 그래서 나의 믿음이 너무 실망스럽다는 말과 함께 전화를 끊었다.

"괜찮아? 부장도 부장이지만 네가 더 걱정이다. 평생 트라우마로 남을 것 같아서⋯⋯"

가녀린 어깨를 움츠린 영란이 옥상에서 후– 담배 연기를 뱉어 내고 있었다. 영란의 복잡한 심경이 담배 연기 속에 고스란히 녹아들어 있었다. 편집장에게 최후통첩을 보낸 후 영란은 사무실에서 보이지 않는 섬이 되어 가고 있었다. 다들 그만둘 용기가 없었기에 몸단속을 하는 것이었다. 촉의 위안 같은 조언을 들은 영란은 불에라도 데인 듯 매서운 눈빛을 드러냈다.

"선배는 도대체 어떤 사람이에요. 밟으면 꿈틀거릴 줄이나 알아요? 신경이라는 것이 있기나 하냐구요."

"……"

"선배 같은 사람이 제일 나빠요. 지배적 속성에 길들여진 가축처럼 주는 모이나 받아먹는 속물이랑 뭐가 달라요? 선배는 혼자만 썩어 가는 것이 아니라 주위까지 썩게 만드는 사회적 박테리아라구요."

"뭐야? 니가 뭘 안다구."

촉은 순간 영란의 뺨을 후려치고 말았다. 폭풍처럼 쏘아 대는 영란의 힐난에 그만 손이 나가 버린 것이었다. 영란은 바닥에 쭈그려 앉은 채 흐느껴 울었다. 그 울음소리가 촉의 심장을 꽉 움켜쥔 것처럼 꼼짝할 수 없었다. 왜 우리는 이렇게 되고 말았을까. 왜 서로를 상처 내면서 아파하는 쪽으로 치닫고 만 것일까. 푹 떨궈진 영란의 고개를 보면서 촉은 그만 하늘이 뿌옇게 흐려지고 말았다. 촉은 회색 콘크리트 숲을 향해 아- 악을 질러 댔다. 알 수 없는 환멸이 들끓는 파리 떼처럼 촉의 귓속을 윙-윙- 파고들었다.

남대문 시장에서 산 양복은 그냥 몸에 천을 두른 것처럼 헐렁했다. 제법 촉을 어른스럽게 보이게는 했지만 더불어 촌스럽게 보이게도 했던 것이다. 하지만 난생처음 양복을 입어 보는 촉은 우쭐한 기분에 그런 것들이 신경 쓰이지 않았다. 촉은 증권사 면접 날 아침, 그 양복을 입고 아버지와 어머니에게 큰절을 올렸다. 아버지는 목이 메는지 자꾸 밭은기침을 했고, 어머니는 모처럼 패인 주름 고랑에 물이 고였다. 시린 겨울의 역경을 끊어 내고 따스한 봄날의 양지를 찾아 나서는 촉의 두 발은 말굽처럼 힘차고 단단했다. 골목까지 따라나선 어머니는 한사코 뿌리치는데도 꼬깃한 지폐를 양복 주머니에 쑤셔 넣었다. 탁-탁-, 새로 산 구두 뒤축이 나팔소리처럼 골목 사이사이로 울려 퍼졌다. 높은 비탈에 살면서도 땅속 깊은 곳에 사는 것 같은 축축한 삶에서 이제 그만 벗어나고 싶었다. 번듯한 화장실과 부엌이 딸린, 적어도 입 구멍과 똥구멍은 분리된 그런 환경에서 살고 싶었다.

"본적이 전남 벌교시네요. 국민학교까지는 광주에서 나오셨고…… 서울에는 우예 이사를 오게 됐으요?"

"아버님이 교육열이 높으셔서 저 때문에 서울로 올라오게 되었습니다."

면접관은 총 세 명이었다. 앞선 두 명은 H증권사를 지원한 동기가 무엇이냐, 기재된 실무 자격증은 곧바로 현장 활용이 가능하냐 등등 예상 질문을 했지만 마지막 면접관은 개인 신상에 관심을 보였다. 왠지 느긋한 폼으로 봐서 마지막 면접관에게 실권이 있는 듯 보였다. 촉은 되도록 흠이 잡히지 않으려 모범적인 답변을 했다.

"그래요? 그라믄 광주는 교육하기가 좋지 않은 도시다 이 말이가…… 우째 됐든 광주에서 살았으이까네 광주 자랑 좀 해 보이소."

전혀 뜻밖의 질문이었다. 광주를 자랑할 일이, 아니 오히려 광주를 지우고 살기에 급급했던 지난날이어서 촉은 순간 말문이 콱 막히고 말았다.

"그러니까 광주는…… 무등산 수박도 유명하고 음식도 맛있고 사람들 인심도 좋고."

"고마 됐으요, 나가 보소."

순간적으로 촉의 말을 끊은 면접관은 휙- 소리가 나도록 거칠게 서류를 넘겼다. 말할 것도 없이 촉의 서류였다. 촉은 자신이 무슨 말을 했는지도 모른 채 그대로 굳어 버리고 말았다. 갑자기 찬물을 뒤집어 쓴 것처럼 꼼짝할 수 없었다.

"거기 면접자분, 나가란 소리 몬 들었어요?"

영란이 그렇게 떠나고 난 후, 촉은 심한 열병을 앓듯 죄책감에 시달렸고 급기야 그녀를 꼭 한번 만나야겠다는 심정으로 광주를 찾았다. 영란은 갑자기 찾아든 촉을 아무 일도 없었다는 듯 명랑한 얼굴로 대하며 평소 직원들과 자주 들른다는 병무청 뒤편 생선매운탕 집으로 안내했다. 그런 영란을 대하는 촉은 왠지 더 움츠러드는 느낌이었다. 차라리 불편한 낯빛이었다면 조금 덜 미안한 마음이었을 것이었다. 병무청은 남광주역 근처에 있었고, 순천으로 연결되는 남광주역은 싱싱한 해산물이 지천이었다. 끓고 있는 생선매운탕 냄비를 사이에 둔 촉과 영란은 한동안 말이 없었다. 불법을 폭로하는 대신 망치로 책상을 내려친 영란의 결정에서 자유로울 수 없었던 촉은 그 조마조마한 마음이 생선매운탕 너머 고스란히 영란에게로 전해지고 있었다.

"선배 혹시 모파상의 「비곗덩어리」라는 소설 읽어 봤어요?"

늘 그렇듯 먼저 행동하는 쪽은 영란이었다. 영란은 촉의 앞 접시에

매운탕 국물을 떠 주며 입을 떼었다. 살아 있는 생선을 손질해서 생강을 많이 갈아 넣고 끓인 매운탕은 시원하면서도 입 안에 화한 향기가 도는 아주 독특한 맛이었다. 영란은 촉에게 그녀가 읽은 소설 얘기를 들려줬다.

전쟁에 패한 프랑스의 일부 시민들이 대형 마차 한 대를 구해 피난 길에 오른다. 그 안에는 명문 귀족, 상인, 수녀, 정치인 등 내로라하는 사람들과 비곗덩어리라고 불리는 창녀 한 명이 타고 있다. 급하게 피난길에 오른 사람들은 눈비가 오는 겨울 마차 안에서 배고픔과 추위에 떨게 된다. 비곗덩어리는 자신이 준비한 포도주와 빵을 나눠 주어 그들의 배고픔과 추위를 녹여준다. 마차는 중간 기착지의 검문소에 닿지만 그곳을 관장하는 장교는 그들을 좀처럼 통과시켜 주지 않는다. 초조하고 불안해진 사람들은 간절한 구원의 눈빛으로 비곗덩어리를 쳐다본다. 비곗덩어리는 그들의 눈빛을 완강히 외면하지만 수녀까지 나서 "신은 순수한 목적에서 행한 죄악을 용서하리라"는 말과 함께 비곗덩어리를 종용한다. 비곗덩어리는 천천히 마차에서 내려 검문소로 들어가 장교에게 몸을 내어 준다. 비곗덩어리를 탐한 장교는 마차를 통과시켜 주고 사람들은 안도의 숨을 내쉬며 기뻐한다. 하지만 검문소를 무사히 통과하자 사람들은 비곗덩어리를 향한 간절한 염원의 눈빛을 거두고 더러운 창녀 대하듯 경멸을 쏘아 댄다. 그들의 눈에 비친 비곗덩어리는 더 이상 그들을 위기에서 구해 낸 구원자가 아니라 한낱 더러운 창녀일 뿐이었던 것이다.

"이 집 매운탕 맛이 괜찮지요? 이 집 매운탕 맛을 떠올릴 때마다 광주가 생각날 거예요. 어쩜 내가 생각날지도 모르고…… 후-후-."

영란은 생선 머리 하나를 골라서 촉의 접시에 놓아 주었다. 어두육
미라는 말과 함께였다. 황망한 생선 눈알이 꼭 촉 자신의 그것인 마냥
마주하기가 어려웠다. 뭔가 변명을 하러 왔던 촉은 아무 말도 꺼내지
못한 채 그만 목이 메고 말았다. 그런 촉을 바라보는 영란의 눈빛은
한여름 대숲의 바람처럼 청아했다. 촉은 한없이 커 보이는 영란 앞에
서 그만 앞 접시에 코를 박는 시늉으로 부끄러운 얼굴을 감추었을 뿐
이었다.

"명 부장 니 내 싫어하지? 아니 무시하지? 니 눈구멍 속에 딱 그란
다고 써가져 있다."

어느 날, 광고료 일부를 중간에서 가로채는 장면을 우연히 촉에게
들킨 편집장은 그날 저녁 기어이 술을 사겠다며 촉을 잡아끌었다. 내
키지 않는 촉과는 달리 연거푸 술잔을 들이켠 편집장은 오락가락 쓸
데없는 말까지 지껄였다.

"우리 집이 구판장을 했었는기라. 뭐 막걸리도 팔고 생필품도 팔고
산골짝에 하나뿐인 요즘으로 말하자믄 슈퍼나 뭐 그란 거 말이다. 그
란데 산골짝에 유일하게 읽을거리라고는 하루 늦게 우편배달부한테
띠지로 배달되가 오는 신문이 있었는 기라. 그란다케 봐야 농민신문
한차 지방지하고 중앙지까지 서너 가지 됐등가 싶다. 신문이 배달되
가 오믄 동네 노인들부터 쪼맨한 아들까지 쭈그려 앉아가 굶주린 활
자 구경을 하는 기라. 내가 지금도 안 잊아 쁘는 기 아매 내가 고등학
교 이삼 학년 됐등가 싶은데 그때 신문에 광주사태가 났다고, 폭력 분
자들이 파출소 무기고를 습격해가 탈취한 총기로 군인들하고 총격전

올 벌였다고 써가져 있었든 기라. 마을 노인들이 그것을 읽다가 쩨럴 끌끌 차믄서 '이런 빨갱이 새끼덜 밥 처묵고 살만하이까네 김일성이한테 나라를 넘기줄라고 지랄병이다.' 욕을 해쌓는기라. 그때 내 머릿속에 '광주사람들은 전부 빨갱이 폭도들인갑다.' 이 생각이 콱 백히 뿐 기라. 산골짝에서 나물만 뜯어 묵고 새소리만 듣고 살던 내가 뭘 우째 알겠노. 그래 고마 그 생각이 내 머리빡에 뿌랑구를 내리 뿐 기지."

편집장은 고급 양주를 와이셔츠에 줄줄 흘리면서 들이붓고 있었다. 한 번도 제 돈으로 비싼 술을 산 적 없는 사람이었다. 촉은 편집장의 손에서 양주잔을 빼앗아 얼음물이 담긴 잔을 쥐어 주었다. 술잔인지 물 잔인지 그것까지 헷갈린 편집장은, 단숨에 얼음물을 들이켠 후 카― 쓴 탄성을 질렀다.

"내가 처음으로 광주를 찾았든 기 군대 생활 할 때다. 동기 놈이랑 우째 휴가가 맞았는데 지 집을 가자카드라. 그란데 그놈아 집이 광주였든기라. 근데 해필 그때가 팔십칠 년 육이구 때여가 온통 광주 시내가 사람들로 복잡시럽드라. 뭔 사람들이 요라고 전부 밖으로 기나와 악을 써 대는가 싶어가 보다가 참말로 광주사람덜이 빨갱이 맞는가 싶더라. 그라지 않고는 그 많은 사람들이 우에 나왔겠노. 그란데 찬찬히 딜다보고 있자이까네 이상하게 내 가심에서 벌건 불덩어리가 올라오믄서 그 광경이 거룩해 보이기 시작하는 기라. 참 기분 요상한 기라. 한편 부럽기도 하고 한편 부끄럽기도 하고 그라면서 또 야덜언 전부 빨갱이덜이라서 요란 것이다 생각이 들기도 하고…… 그때는 나도 대학을 이 년 댕겼던 때라서 뭘 쪼매 알긴 알았지. 뭣이 옳은 것인지 알긴 알겠는데 요상하게 그걸 인정하고 싶지 않은 기라. 그냥 빨갱이 새끼들로 매도해 뿌리는 기 내 맘이 편했든 기지. 그라이까네 뭔가 복잡한 생각이 일어날라카는 기를 단순한 걸로 덮어 뿐 거라. 와? 내 편할라꼬, 내 자존심 안 상할라꼬, 내 꿀리기 싫어가. 이때껏 그냥 쭉 그래 살아왔던 기라. 그라면서 또 홍어들을 짓밟았지. 너덜언 내 진실의 거울 같은 존재거던. 거울이 깨져 삐야 내 진실이 비치지 않을 거 아이가."

편집장은 한탄인지 한숨인지 휴— 긴 숨을 토해 냈다. 가슴속 저 깊은 곳에 꽁꽁 묶어 두었던 그 무엇인가를 애써 풀어놓은 눈빛이었다. 목숨처럼 쓰고 있던 가발까지 벗어 던진 그는 목이 타는지 독한 양주를 벌컥벌컥 들이켰다. 촉은 편집장의 비워진 잔에 천천히 술을 채웠다. 십수 년 동안 처음으로 그가 가까이 느껴지는 순간이었다.

촉은 오래전 영란과 마주했던 병무청 뒤편 생선매운탕 집을 찾았다. 남광주역이 사라진 병무청 뒷길은 듬성듬성 이가 빠진 노인의 입속처럼 어두컴컴했다. 한때는 요정이 있을 정도로 번화가였다는 병무청 뒤편은, 흡사 군산의 적산 가옥이 늘어선 일제 강점기의 거리를 떠올리게 했다. 이미 쇠락했지만 그 뼈대는 남아서 과거의 영화를 회상하게 하는, 평생 소리 공부로 늙은 어느 소리꾼의 박제를 보는 듯 기묘한 느낌이었다. 생선매운탕 집은 여전히 그 자리에서 그대로 영업 중이었으며, 바뀐 게 있다면 생선매운탕 한 가지 메뉴에서 생선구이가 추가되었다는 정도였다. 촉은 영란에게 전화를 넣을까 전화기를 들었다 그냥 내려놓았다. 그냥 없어도 있는 듯 생각만으로도 존재감을 느낄 수 있는 사람이었다. 촉은 중간 크기의 매운탕과 소주 한 병을 주문했다. 손님이 한 분 더 오실 것이란 소리와 함께였다. 밑반찬으로 나온 고춧잎 무침을 우물거리던 촉은 소주 한 잔을 털어 넣었다. 매콤하면서 고소한 고춧잎이 소주의 뒷맛을 깔끔하게 씻어 갔다. 생선매운탕을 떠올릴 때마다 광주가 아니면 영란이 생각날 것이란 말은 사실이었다. 아주 가끔 진한 매운탕 맛이 그리울 때가 있었다.

그날 촉은 차마 자신의 변명을 입 밖으로 꺼내지 못한 채 영란과 헤어졌다. 영란의 그 맑은 하늘에 먹구름 같은 자신의 과거를 덧칠하고 싶지 않았기 때문이었다.

"개놈의 새끼들 곤조통을 부릴 때 부리야지. 면접장에서 그 지랄병을 떨건 또 뭐이가."

고개를 푹 떨구고 있는 촉을 상대로 담임 선생은 제 일처럼 화를 냈다. 그렇다 한들 불합격이 합격으로 바뀔 수 있는 것은 아니어서 촉은 숙여진 고개가 더 무겁기만 했다.

"차라리 잘된 기라. 미리부터 니 기죽이까 싶어가 말은 안 했지만도 요새 증권사에 이미 그짝 상고 아덜이 싹 다 자리를 잡아 뿌렀다고 소문이 짜한 기라. 그래서 나가 너를 말렸든 긴데…… 기왕 이래 된 거 은행으로 고마 가 뿔자. 니 실력이마 일반 은행에서 몇 년 굴러묵다가 한국은행으로 갈 수도 있을 끼고마."

촉은 부러 큰 소리로 너스레를 떠는 담임 선생의 위로가 전혀 귀에 들어오지 않았다. 처음부터 증권사 아니고는 전혀 다른 생각을 갖고 있지 않았기에 모든 것이 다 귀찮고 신경질만 날 뿐이었다.

"담임 선상이 그라고 신경을 써 주신당께 참말로 고맙다. 니 맴이야 오죽허겄냐만언 담임 선상 말씀대로 그냥 은행을 가는 것이 어쩌겄냐."

어머니는 촉의 신경을 거슬리지 않으려 조심스럽게 의견을 내놓았고, 아버지는 가타부타 말이 없었다. 실망을 애써 감추고 있지만 푹 꺼져 버린 눈자위가 한순간 늙어 버린 모습이었다.

"……군대나 가겠습니다."

촉은 삐뚤어진 선택으로 자신의 그리고 아버지와 어머니의 가슴에 비수를 꽂고 말았다. 비정한 방법인 줄 알았지만 분노에 휩싸인 촉은 성난 파도처럼 스스로를 주체할 수 없는 지경이었다. 아버지는 흐릿한 눈빛으로 깜박이는 백열전구만 바라볼 뿐 별말이 없었다. 타일러서 될 일이 아니라는 사실을 아는 사람처럼 마른침만 삼킬 뿐이었다. 그렇게 홧김에 군대에 간 촉은 매사가 불만으로 가득했다. 불덩어리처럼 자꾸만 속에서 뭔가가 치받쳐 올라 감정 조절이 잘 되지 않았다. 뭔가 꺼리만 있으면 폭발할 것처럼 걷잡을 수 없는 분노가 하루에도 몇 차례씩 치밀어 오르는 것이었다. 그러던 중 우연한 기회에 부풀어 오른 화에 그만 불길이 닿고 말았다.

"요새 군대 생활이 편타 이기지. 좆뺑이를 쳐 봐야 이깃들이 빠리빠리 해질라나. 내일 뺑뺑이 한번 돌려 주까. 휴가라도 지 날짜에 찾아 묵을라믄 알아서들 기라이."

중대 행정병은 상병이었지만 제 위로 아무도 없는 것처럼 안하무인이었다. 중대장을 등에 업고 설쳐 대는 것이었다. 중대장이 행정병에게 모든 업무를 일임한 채 종일 바둑이나 두는 사람이었기에 가능한 일이었다. 고참들은 행정병이 눈엣가시였지만 혹여 자신에게 무슨 불이익이 있을까 조심할 뿐 특별히 불쾌감을 드러내지 않았다. 하지만 행정병이 없는 곳에서는 씹어 먹을 듯 이빨을 갈았다. 어떻게 하면 행정병을 영금 보일 수 있을까 모의를 하는 눈치였다. 이제 갓 자대 배치 두 달째인 촉은 행정병이 자신에게 특별히 위력을 행사하지도 않았지만 그 말투만 들어도 증권사 면접관이 떠올라 감정이 북받쳐 올랐다. 다 그 새끼가 그 새끼 종자들이라는 피해 의식에 사로잡혀 감정이 자꾸만 꼬여 들었던 것이다.

그러던 어느 날 밤, 내무반에 전달 사항을 전하러 행정병이 들어왔다. 그러자 기다렸다는 듯 누군가 순식간에 전등 스위치를 내려 버렸다. 일순 암흑이 되는가 싶더니 또 누군가 모포를 펼쳐서 행정병을 씌워 버리는 모습이 어렴풋이 비쳤다. 아무 소리도 나지 않는 가운데 일사불란하게 병사들이 일어나 모포에 뒤덮인 행정병을 폭행하기 시작했다. 순간 촉은 무슨 일이 일어나는지 얼떨떨했지만 자신도 모르게 벌떡 일어나서 행정병을 짓밟기 시작했다. 모포 속의 행정병은 바로 자신을 욕보였던 면접관이었고 희망을 가로막은 벽이자 가시철조망이었던 것이다. 촉의 발은 면접을 보러 가던 그 말굽이 되어 힘차게 더세게 그 원흉을 걷어찼다. 돌덩이 같은 촉의 원망이 한 번 더 원흉에 꽂히는 순간 뚝 하는 소리와 함께 뭔가 불길한 느낌이 전해졌다. 흥분한 상태에서도 촉은 뭔가 잘못되었다는 느낌에 더럭 겁이 났고 서둘러 제자리로 돌아와 앉았다.

불을 켠 이후에도 행정병은 일어나지 못했다. 내무반 바닥에 누운 채 숨죽인 고통을 호소할 뿐이었다. 뒤늦게 소식을 듣고 쫓아온 중대장에 의해 의무대로 옮겨진 행정병은 앰뷸런스를 타고 국군통합병원으로 이송되었다. 그냥 따끔한 맛을 보여 주는 것으로 서열 정리를 하려 했던 고참들의 계획은 예상치 못한 행정병의 부상으로 복잡해지고 말았다. 상황은 쉽게 무마되지 않고 중대장을 비롯한 내무반원 전원이 군 감찰 조사를 받기에 이르렀다. 하지만 어둠 속에서 집단으로 발생한 사고였기에 누가 가해자인지 특정하기가 쉽지 않았다. 결국 중대장은 최전방으로 전출 명령이 떨어졌고, 내무반장과 스위치를 내린 병사 그리고 모포를 뒤집어씌운 병사가 영창을 가는 것으로 일단락되었다. 하지만 그날의 진실을 알고 있는 촉은 심한 불안감에 시달려야 했다. 촉의 웅크린 분노가 행정병의 팔을 부러뜨렸고, 부러진 뼈가 인대를 끊어 버리는 바람에 봉합 수술을 했지만 결국 정상적으로 팔을 쓰지 못하게 되면서 의가사 제대를 하고 말았던 것이다. 촉은 자신의 피해 의식이 전혀 상관없는 행정병을 불구로까지 이르게 했다는 사실에 큰 충격을 받았다. 피해자의 입장에서 또 다른 감정 보복을 가할 때 예측할 수 없는 크나큰 결과를 낳을 수도 있다는 사실을 몸소 체험한 촉은 상실감에 죄책감까지 겹치면서 온전한 상태가 아니게 되어 버렸다. 촉은 군 생활 내내 트라우마에 시달리며 무관심 사병으로 죽은 듯 지내다 제대할 수밖에 없었다.

석양이 지고 있었다. 뉘엿한 해가 부연 매운탕 집 창문을 투과해 고운 입자로 부서졌다. 그 빛나는 일몰 속에 웃고 있는 영란의 얼굴이 언뜻 비추는 듯싶기도 했다. 촉은 마지막 잔을 앞에 놓고 있었고, 광고부와 편집장으로부터 연거푸 전화는 걸려 왔다. 촉은 전화기 전원을 꾹 눌러 끈 후 마지막 잔을 털어 마셨다. 생선매운탕 맛은 그때나 지금이나 변함이 없었다. 이 맛이 생각나면 또다시 광주와 영란을 떠

올릴 수 있을까…… 일룩진 기억들이 꺼져가는 서양 속에서 세월의
녹처럼 바래고 있었다.

* 이 소설은 2020년 5월, 강원문화재단 주관으로 진행된 〈강원작가의방〉 레지던스 프로그램 일환으로 강릉 〈한국여성수련원〉에서 창작되었습니다.

아버지의 잠바

종철이 떠밀리듯 학교에서 쫓겨난 것은 월요일 그러니까 19일 아침이었다. 종철은 그날도 어김없이 1등으로 중앙국민학교 정문을 넘어 '5학년 2반' 팻말 아래의 교실 문을 열어젖혔다. 종철이 유일하게 1등을 할 수 있는 것은 등교였다. '일찍 일어난 새가 벌레를 잡는다'는 가훈 때문이었다. 그날따라 아무도 없어야 할 교실에 담임 선생이 심각한 표정으로 교탁 의자에 앉아 있었다. 늘 쉰 막걸리 냄새를 풍기며 겨우 수업 전에야 낯바닥을 디밀던 노총각이 별일이었다. 종철은 심드렁하게 고개를 숙여 건성 인사를 했다.

"종철이 너 내가 출석 일등 말고 성적 일등으로다가 방향 전환하라고 몇 번을 말했냐."

억지로 존경하려 해도 도저히 존경이 되질 않는 인간이었다.

"……"

"여튼, 오니라고 고생은 했다만 도로 집에 가야쓰겄다. 어제부터 대한민국 질서가 물구나무 서가꼬 무기한 휴교란다."

"……글믄 언제 다시 학교 오믄 되까요?"

"너 시방 나한테 시비 거는 거여 뭐여? 무기한 휴교라니께 뭔 말대답이여 자석아, 아침부터 힘 풀리게……. 서둘러서 어여 가, 늦장 부리다 곤봉으로 얻어터지지나 말고."

제 반 학생을 대하는 예의치고는 참 가관이었다. 저런 한심한 담임에게 앞으로 인생 7개월을 더 맡겨야 한다고 생각하니 배 속이 끓어올라 설사가 날 지경이었다. 종철은 화풀이하듯 교실 문을 쾅- 소리 나게 닫았다. 무기한 휴교가 아니라 무기한 담임 출장이기를 바라는 마음이었다.

딱히 제대로 이유도 얻어듣지 못한 채 교실에서 쫓겨난 종철은 복도에서 운동장으로 나서다 묘한 광경과 마주했다. 학교 운동장으로 군용 트럭이 줄지어 들어서고 있었다. 전부 일곱 대의 트럭이 일렬로 섰고, 완장 찬 군인의 지휘 아래 얼추 백여 명의 군인들이 트럭에서 내렸다. 술꾼 담임도 차 소리에 놀랐는지 창문 밖으로 머리통을 디밀었다. 그 부스스한 머리카락만 매일 빨고 다녔더라도 노총각 신세는 면했을 테지만 천성이 게으르고 지저분한 인간이니 평생 그렇게 사는 수밖에 달리 도리가 없을 것이었다. 학교에 있으니 선생이지 꼬락서니는 천상 백수건달이었다. 간단히 인원 점검을 끝낸 군인들은 2열로 짝을 맞춰 일사불란하게 정문을 빠져나갔다. 줄곧 종철을 바라보고 있던 담임은 빨리 집에 가라는 시늉으로 손을 휘저어 보였다. 종철은 알았다는 뜻으로 고개를 끄덕였다. 그나마 담임 노릇이라도 해 보이는 꼴이 안쓰러워 성의를 보인 것이었다. 종철은 군인들이 빠져나간 정문을 향해 고양이 걸음처럼 조심스럽게 발걸음을 했다.

종철은 집으로 가는 길에 만호 형이 점원으로 있는 계림전파사에 들렀다. 계림극장의 다음 상영 만화 영화 〈지구로〉의 공짜 표를 얻을 수 있을까 싶어서였다. 계림극장과 이웃한 계림전파사는 꽤 가깝기도 했지만, 만호 형이 늘 계림극장의 스피커를 손봐 주는 덕분으로 공짜 표쯤은 쉽게 얻을 수 있었다. 종철의 집 곁방에 세 들어 살고 있는 만호 형은 못 고치는 통신 장비가 없을 정도로 재주꾼이며, 대학 진학을 꿈꾸는 야학생 만학도였다. 만호 형은 해체된 금성카세트라디오를 무릎에 올려놓은 채 납땜 중이었다. 종철은 본론을 숨긴 채 학교에 갔다가 쫓겨나다시피 한 사정을 종알종알 보고했다. 만호 형은 종철에게 인생 상담가요 정신적 멘토이기도 했다. 목수 십장인 아버지와 포장마차꾼인 어머니에게는 절대 들을 수 없는 오묘한 얘기들을 만호 형에게서 들을 수 있었다. 종철의 얘기를 다 듣고 난 만호 형은 지금 군인들이 시민들을 폭도로 몰아 폭력을 행사하는 이유는 권력 획득의 정당성을 만들기 위해서라고 했다. 종철은 무슨 말인지 알 것 같기도 하고 모를 것 같기도 했다. 그래서 만호 형과의 대화가 즐거웠다. 종철은 건성 대답을 하며 라면 가닥을 빨아 먹었다. 만호 형의 곤로표 라면은, 어머니가 아무리 정성 들여 연탄에서 끓여 낸다 한들 그 고들고들한 면발을 흉내 낼 수 없다. 서로 눈치를 봐 가며 면발 싸움을 하고 있을 때 갑수 형이 계림전파사 문을 열고 들어섰다. 갑수 형은 전남대 2학년생으로 만호 형보다 세 살이 어렸지만 만호 형은 꼬박꼬박 선생님 소리로 높여 불렀다. 갑수 형은 만호 형이 다니는 들불야학의 강학이었다.

"동지들과 도청으로 가는 길에 잠깐 들렀습니다."

창밖으로 수십 명의 시위대들이 구호를 외치며 행진 중이었다.

"선생님! 어제 전남대 앞에서 학생들이 많이 상했담서요."

만호 형은 갑수 형에게 물을 따라 주며 빈 의자를 내주었다. 갑수 형이 오면서 종철은 구석지로 밀려난 카세트 라디오 꼴이 되고 말았다. 하지만 함께 끼어 있다는 것만으로도 어깨가 으쓱했다.

"예, 학생들은 말할 것도 없고 교수님까지 얻어맞았으니 말 다했지 뭡니까. 교문을 막아선 군인에게 교수님 한 분이 따겼습니다. '나 이 학교 전임 교순데 왜 죄 없는 학생들을 이렇게 두들겨 패는 겁니까, 당장 교문 여십시오.' 그러자 군인이 '전임 교수였으면 지금은 뭐 하시는 분이시요?' 하면서 비웃었습니다. 답답한 교수님이 '무슨 말인지 못 알아듣는 모양인데 나 이 학교 전임 교수란 말입니다.' 얼굴을 붉혔고 '전임 교수라는 양반이 나보다 더 말귀를 못 알아 잡수시네.'라면서 조인트를 깠습니다. 급기야 두들겨 맞던 교수님이 군인한테 밀려서 다리 아래로 추락해 버렸고요."

"허-허- 참말로 똥 막대기 같은 놈들이네요."

종철은 도무지 뭔 소린지 알 수 없었지만 만호 형이 허-허- 웃으니 그냥 따라 웃었다. "요놈의 자식이 눈치도 없이" 만호 형이 쥐어박는 시늉을 했지만, 그것도 무슨 영문인지 몰라 또 한 번 배시시 웃고 말았다.

"그뿐인 줄 아십니까. 어느 때인가 군인들이 우르르- 도망가는 학생들을 쫓았는데, 갑자기 목욕탕 안에서 여자들 십수 명이 비명을 지르면서 벗은 몸으로 튀어나오더라구요. 도망가던 여학생이 급한 김에 여탕으로 뛰어 들어갔고, 군인들이 거기까지 쫓아가서 머리끄뎅이를 잡아끌고 나오는 통에 목욕하던 여자들이 기겁을 하고 쫓겨 나왔던 겁니다."

"갑수 형, 참말로 좋은 구경했네요. 나도 어제 거기 있었으믄 참말로 좋았을 거인디."

한순간 종철의 대갈통이 따끔했다. 시늉만 하던 만호 형이 진짜로 한 방 갈긴 것이었다. 대한민국 사회는 너무 솔직해도 안 된다더니 딱 그 말이 정답이었다. 분명 갑수 형도 속으로는 좋았을 것인데 정작 체면을 차리는 것이 분명했다.

"아, 참. 박관현 강학 아시죠? 전남대 총학생회장이요. 보안사에서 체포 지시가 떨어져서 급하게 여수로 피신을 했답니다. 그래서 당분간 야학은 쉬어야 할 것 같습니다. 그 말을 전한다는 것이 그만……"

급하게 얘기를 끝마친 갑수 형은 도청으로 가 봐야 한다며 시위대 속으로 사라졌다. 만호 형은 미처 못다 나눈 얘기가 아쉬운 듯 갑수 형의 뒷모습을 한참이나 바라봤다. 나는 안중에도 없는 그 눈길이 야속했지만 영화표를 얻어 내려면 시도 때도 없이 꼬리를 흔들어 대는 강아지처럼 끝없이 인내하고 살랑거려야 한다는 사실에 배시시 웃을 수밖에 없었다. 종철이 가게 한구석의 수도에서 라면 냄비를 닦고 있을 때 낯선 누나가 들어섰다. 그 뒤로 몇 명의 사람들이 늘어서 있었다.

"스피커 좀 빌리러 왔어라."

앳된 누나의 느닷없는 말에 만호 형은 무슨 대꾸를 못 하고 가만히 쳐다만 봤다.

"학생들은 말할 것도 없고 시민들까지 저라고 군인들한테 마구잡

이로 당하고 있는디 가만히 있을 수가 있어야지라. 항꾼에 맞서 싸우
자고 방송이라도 해얄 것 아니것소."

누나는 오른손을 불쑥 내밀어 손바닥을 펴 보였다. 천 원짜리 오백
원짜리 지폐들과 동전들이 한 움큼이었다. 여럿이 모은 돈인 듯 보였다.

"돈은 되얐고, 누구신지 이름이라도……"

"나 담양 사람 차명숙이라고 허요. 나이는 스무 살이고 충장로 양
재학원 다녀라."

만호 형은 스피커와 앰프를 선뜻 내주었다. 종철은 만호 형이 주인
아저씨에게 귓방망이나 얻어맞지 않을까 걱정되었다. 돈도 받지 않고
스피커와 앰프를 내주다니 갑자기 머리가 어떻게 된 것이 아니라면,
그 차명숙이라는 누나에게 단단히 홀린 게 분명했다. 스피커를 옆구
리에 끼고 사라지는 차명숙 누나의 뒷모습은 엄마가 휘두르는 빨랫방
망이처럼 단단하고 야무져 보였다. 만호 형이 혹여 그 방망이에 잘못
얻어걸렸다가는 복사뼈 하나쯤은 쉽게 부서질 것이 분명해 보였다.
하지만 사랑은 눈물의 씨앗이요 희생의 열매라고 했으니 복사뼈가 아
니라 머리뼈가 부서진다 한들 만호 형은 그 방망이에 기꺼이 순정을
바칠 것이었다.

그날 오후부터 종철은 집 안에 꼼짝없이 갇혀 살았다. 어머니의 단
속이 아니더라도 집 밖으로 나갈 수 있는 분위기가 아니었다. 종철은
그 며칠이 망치로 계속 두드려 대는 깡통 속에 갇힌 느낌이었다.

"시민 여러분! 지금 도심에 폭도들이 날뛰고 있으니 절대로 집 밖
으로 나오지 마시고 안전한 집 안에 계시기 바랍니다. 시민 여러분의

안전은 대한민국 국군이 책임지겠습니다."

낮게 날아서 더 분명하게 들리는 군용 헬기의 프로펠러 소리와 방송 소리는, 지붕 위에 자갈우박을 쏟아 놓는 것처럼 신경을 곤두세웠다. 그런가 하면 차명숙 누나의 목소리도 간혹 들리곤 했다.

"시민 여러분! 지금 우리 아들딸들이 피를 흘림서 죽어 가고 있어라. 사정이 그런디 뜨건 방에서 뜨건 밥 묵고 뜨건 이불 속에서 잠이 온당가요. 다들 항꾼에 나와서 당당히 맞서 싸웁시다."

거친 사투리의 당찬 호소력이 깃든 목소리는 듣는 순간 바로 차명숙 누나라는 사실을 알아차릴 수 있었다. 차를 타고 가는지 도로를 따라 빠르게 지나치는 목소리였다. 종철의 깡통 생활은 21일 저녁이 되어서야 겨우 벗어날 수 있었다. 저마다 사람들이 도로변으로 쏟아져 나와 시민들이 군인들을 쫓아냈다며 만세를 불렀던 것이다.

철길 위를 걷는 종철은 자꾸만 고개가 아래로 떨어졌다. 어머니는 너덧 발자국 앞에서 세 살배기 여동생을 등에 업은 채 걷고 있었다. 어머니와의 거리는 불과 너덧 발자국 사이였지만 그 간극은 보이지 않을 정도로 멀게 느껴졌다. 어머니는 되도록 나란히 걷지 않으려, 무슨 말인가를 걸어오지 못하도록, 거리를 유지하려 애쓰는 모습이었다.

"먼 길 가야 되니께 단단히 묵어라이."

어머니는 길을 나서기 전 종철을 확실히 단도리했다. 그런 어머니의 눈빛이 사뭇 달라 보였기에 종철은 이렇다 저렇다 말도 못 하고 꾹꾹 눌러 밥을 퍼먹었다. 잘은 모르지만 '단단히'라는 말뜻이 심상치 않음을 예감했기 때문이었다. 종철이 숟가락을 내려놓자 어머니는 여동생을 둘러업고 곧바로 집을 나섰다.

"시외로 나가는 길목을 전부 차단했다등만 그 말이 참말이었든갑다."

백운동로터리에 가드레일을 설치한 군인들은 시외로 나가는 차량들과 사람들을 통제했다. 가정집 사이의 골목을 따라 막다른 집에서 어머니와 종철은 그 집 담을 넘었다. 다행히 담을 넘은 사람들은 종철 가족뿐 아니었던지 담 아래 콘크리트 블록 몇 장이 포개져 놓여 있었다. 그 뒤부터 군인들이 보이지 않는 철길을 따라 걸었다. 진월동 어디쯤이었을까, 철로 위에 물 양동이가 놓여 있고 바가지 하나가 담겨 있었다. 철길로 다녀야만 하는 사람들을 위해 누군가 놓아둔 배려인 모양이었다. 그 단물 한 바가지를 나눠 마시는 어머니와 종철은 앞선 누군가 그랬을 그 누군가에게 감사했다.

"엄마, 언제까지 요라고 걸어야 한당가?"

종철은 엄마의 눈치를 살폈다. 발바닥과 다리가 아프다며 주저앉았다가는 한 대 얻어맞을 수도 있을 표정이었다.

"아직 멀었응께 그런 중 알어."

효천역사는 굳게 닫힌 채 횅뎅그렁했다. 백 년 전부터 기차는 끊겼던 것처럼 을씨년스럽고 괴괴했다. 효천역을 지나고 어머니는 대촌으로 빠지는 좁은 찻길로 들어섰다. 십여 분쯤 걸었을까 '삼발이'라고 불리는 삼륜차 한 대가 나타났다. 군인 차량은 아니었기에 어머니는 무작정 손을 흔들었다. 다행히 멈춰 선 삼륜차는 막걸리 배달용으로 승촌동까지 간다고 했다. 차 안은 술 익는 냄새가 진동했고 종철은 취한 듯 몽롱했다. 서너 군데 배달을 하며 승촌에 다다른 기사는 강둑에 내려 주며 다리를 건너면 나주 노안이라고 가르쳐 주었다. 삼륜차와 헤어진 어머니는 잠시 쉬어 가자며 강둑에 여동생을 내려놓았다. 강둑에 앉은 어머니는 손가방에서 풋사과 두 알을 꺼내 종철과 여동생에게 각각 하나씩 물렸다. 종철은 게걸스럽게 사과를 물어뜯었다. 여름으로 향하는 늦봄의 바람이 강물 위에서 잔잔한 물결을 만들었다. 덩달아 끝이 갈라진 어머니의 푸석한 파마머리도 갈대와 같이 봄볕 아래 타고 있었다. 어머니는 집을 나서면서부터 아무런 말이 없었다. 자꾸만 흐르다 마르기를 반복하는 어머니의 눈물이 그 어떤 말을 대신할 뿐이었다.

어머니는 나주 송하동 흑룡마을의 어느 낯선 집 마루에서 한참 동안 울음을 토해 냈다. 어머니의 울음을 마주하는 집주인 내외와 고등학생쯤 되어 보이는 그 집 아들은 무척이나 난감한 표정이었다. 마루에는 아버지의 작업복 상의가 놓여 있었다. 아버지가 입고 있어야 할 작업복이 왜 어머니의 가방에서 나온 것인지, 또 이 낯선 집까지 찾아와 그것을 내밀고 눈물을 흘려야 하는지 종철은 알 수 없었다. 한참을 울고 있는 어머니에게 그 집 아주머니가 스텐 대접이 찰찰 넘치도록 맹물을 떠다 주었다. 집주인 아저씨는 매운 담배 연기를 연거푸 불어내며 "참말로 송구스러와서"를 되풀이했고, 고등학생으로 보이는 아들은 무릎을 꿇은 채 연신 마룻바닥에 머리를 주억거렸다.

"아니여요. 제가 외려 학생한테 감사해야 할 일이지요. 학생 아니었으믄 우리 아저씨가 죽었는지 살았는지 소식도 모르고 있었을 것 아니라고요."

산신히 냉수 한 모금을 넘긴 어머니는 마룻바닥에 무릎을 꿇고 앉았는 그 집 아들의 손을 잡았다. 어머니에게 손을 잡힌 아들은 "죄송합니다 죄송합니다 그럴려고 한 게 아닌데" 어쩌고 하면서 자꾸만 머리를 조아렸다. 마루 한편에 뉘인 여동생은 곯아떨어졌는지 새근거렸고, 종철은 이 모든 일들이 꿈만 같았다. 아버지는 목수 십장으로 남쪽 섬마을을 돌아다니며 집을 짓고 있었다. 집을 떠난 지 보름이 넘은 아버지는 지금 보길도에 있어야 했다. 그런 아버지의 작업복이 나주 송월동 흑룡마을의 낯선 집 마루에 놓여 있었다.

울기를 그친 어머니를 추슬러 그 집 아들이 앞장서 데려간 곳에 버스 한 대가 세워져 있었다. 마을 후미진 곳에 세워진 버스는 석양빛 아래 혼곤히 잠든 채로 아무 미련이 없는 평온한 모습이었다. 유리창에는 무수한 구멍이 뚫렸고, 그 아래 철판에는 곰보 자국처럼 총알들이 촘촘히 박혀 있었다.

버스가 마을에 나타난 것은 21일 정오쯤이었다.

"버스는 멈춰라. 버스는 멈춰라."

버스를 향한 중대 본부의 경고 방송이 두 번 이어졌다. 도로변 전신전화국 옥상에 설치된 중대 본부에서 급하게 경고 방송을 했다. 영산포에서 광주 방향으로 치닫는 버스는 멈출 생각이 없는 듯 속도를 줄이지 않았다. 정면에 태극기를 부착한 버스는 내리막길로 접어들면서 한층 가속이 붙었다. 바람 사이로 미끄러지는 태극기는 온몸이 찢어질 듯 펄럭였다.

"하느님이 보우하사 우리나라 만세. 무궁화~"

버스 안에서 애국가가 흘러나왔다. 손에 각목을 든 탑승자들이 애국가를 따라 불렀다. 버스가 바리케이드로 가까워질수록 애국가는 함성 소리로 바뀌었다. 버스에는 운전자를 포함해서 일곱 명의 남자들이 타고 있었다.

"버스는 멈춰라. 버스는 멈춰라."

"대한사람 대한으로~"

"군대 사격."

빠—빠—빠— 빵빵빵—. 도로를 막고 있던 군인들의 총에서 일제히 총알이 뿜어져 나왔다. 버스는 끽— 소리와 함께 바리케이드를 들이받았고 한참을 미끄러지다 멈춰 섰다. 노인들은 당산나무 아래서 장기를 두고 있었고, 학생들은 말뚝박기를 하다가 그 광경을 목격했다. 잠시 후 군인들이 버스를 급습했고 일곱 명의 탑승자들을 향한 참혹한 구타가 이어졌다. 팬티만 남기고 모조리 벗겨진 탑승자들은 버스에서 끌려 나왔다. 두 명의 남성은 어깨와 팔에 각각 총상을 입었지만 나머지는 다행히 총알을 피했는지 출혈이 없었다. 전깃줄에 양손이 묶인 탑승자들은 곧바로 군용 트럭에 실려 광주 방향으로 사라졌고, 버스는 마을 안쪽의 후미진 곳으로 옮겨졌다. 밤이 되자 공고에 다니는 그 집 아들은 교련복 바지 뒷주머니에 십자드라이버와 펜치를 넣고 버스로 향했다. 낮에 버스 안에서 울려 퍼지던 애국가의 스피커 소리가 발길을 이끌었다. 스피커는 귀했고 내다 팔 수도 있었다. 아들은 버스에 장착된 스피커를 떼어 냈고, 바닥에 널브러진 옷가지 중 하나를 집어 그것을 감싸 집으로 가져왔다. 날이 밝자마자 자전거에 스피커를 싣고 광주로 향했다. 마대 자루에 담긴 상태로 계림전파사의 만호 형에게 보여진 스피커는 아버지의 작업복에 감싸 있었다. 청년 시절 원양 어선을 탔을 때 남지나 어디에서 샀다는 아버지의 작업복은 등에 흰 표범이 수놓아진 독특한 모양이었다. 그리고 철근에 찢겨 박음질한 호주머니에서 '보길 – 땅끝' 배표가 발견되었다.

버스 안은 이미 깨끗이 치워진 상태였다. 오전에 군인들이 와서 널브러졌던 옷가지들을 수거해 태우고 말끔히 청소를 했다고 했다. 덩그러니 놓인 버스 앞에 선 어머니는 막막한 눈빛이었다. 종철이 생각해도 어머니가 할 수 있는 일이라고는 마땅히 없어 보였다. 그 집 부부가 한사코 말렸지만 어머니는 아버지의 행방을 묻겠다며 중대 본부가 설치된 전신전화국 건물로 향했다. 종철도 따라가려 했지만 그 집 아저씨가 단단히 팔을 붙드는 바람에 먼발치에서 어머니를 지켜볼 수밖에 없었다. 어머니는 보초를 서고 있는 군인에게 무슨 말인가를 했고, 잠시 후 건물 안에서 상관으로 보이는 또 다른 군인이 내려왔다. 어머니가 몇 마디 했을까 느닷없이 군인이 어머니의 뺨을 후려갈겼다. 그 자리에 퍽– 쓰러진 어머니를 군인이 질질 끌어다 길가에 내던졌다. 등에 업힌 여동생이 찢어져라 울음을 토해 냈다.

어머니를 부축해 온 그 집 부부는 등에 업힌 여동생이 아니었더라면 더 큰 화를 당했을 것이라며 위로 아닌 위로를 했다. 어머니의 벌겋게 부어오른 왼쪽 뺨으로 굵은 눈물방울이 흘러내렸다. 종철은 그런 어머니를 보면서 따라 울었다. 그냥 저절로 눈물이 흘러나왔다. 군인들에 대한 분노와, 아무것도 할 수 없어 더 억울한 치욕이 한꺼번에 쏟아져 나왔다. 무엇이라도 도움을 주고 싶었던지 그 집 부부는 인근 예비군 훈련대에 근무하는 예비군 중대장을 집으로 불렀다. 예비군 중대장은 그 집 아저씨를 아재라고 불렀다.

"아재요, 나가 현역도 아닌디 뭔 심이 있어야 말이지요. 또, 쟈들은 외지에서 착출되야서 온 아덜이라 일면식도 없고…… 여튼 모르긴 몰라도 요행히 살아 있다믄 상무대나 보안사에 끌려가서 고초를 당하고 있을 것이고, 그게 아니라면 죽었을 것이오."

예비군 중대장의 말은 여지없이 단호했다. 그만큼 어머니의 가슴은 억장이 무너졌을 것이었다. 그곳에서 어떤 방법이 없다고 생각한 어머니는 그만 가 봐야겠다며 자리를 털고 일어섰다. 그 집 내외는 한 사코 자고 가라며 붙잡았지만, 어머니는 준비해 간 거북선 한 보루를 떠맡긴 채 미련을 두지 않았다. 그런 광경을 지켜본 예비군 중대장은 낮에 예비군 대대 진지 구축 작업 차 가시철조망을 싣고 온 광주 트럭이 있으니 그것을 타고 가라고 했다. 해남이나 영암 쪽에서 시민군을 돕자며 사람들을 모으고 있다는 소식에 부랴부랴 부대 외곽에 철조망 작업을 했다고 했다. 어머니는 그것까지 마다할 처지는 아니어서 그렇게 하겠다고 했다. 종철이 얻어 탄 민간 트럭 앞 유리창에 노란 두 줄이 그어진 '군 작전 차량' 팻말이 붙어 있었다. 차들이 다니지 않는 캄캄한 도로는 어디로 가는지 도저히 알 수 없는 지경이었다. 종철은 졸다 깨다를 반복했고, 어머니는 간혹 콧물을 훌쩍거렸다. 신안동이 차고지라는 트럭은 어머니와 종철을 계림5거리에 내려 주었다. 남편을 꼭 찾으시라는 말과 함께였다. 어둠 속으로 트럭은 사라졌고, 길위에 선 어머니도 종철도 까무러칠 듯 지쳐 있었다.

다음 날 아침 일찍 어머니는 이웃집 대문을 두드렸다. 반 가마니 되는 쌀을 머리에 인 채로였다. 문은 좀처럼 열리지 않았지만 어머니는 쉽게 단념하지 않았다. 두드려라 그리하면 열릴 것이다를 몸소 실천하는 어머니는 체면도 부끄러움도 없는 오직 행방불명된 남편을 찾는 가련한 여자일 뿐이었다. 급기야 문이 열렸고, 그 집 부인에게 머리를 조아린 어머니는 살펴 달라고, 누구에게도 도움을 청할 곳이 없다고, 솔직히 고백했다. 그 집은 동네에서 최 소령 집으로 불렸다. 최씨 성의 소령 남편이 31사단에 근무하고 있기 때문이었다. 이웃들과 전혀 왕래를 하지 않아 서울 여자라 불리던 그 집 부인은, 며칠째 비상으로 부대에 머물고 있는 남편에게 전화를 걸었다. 어머니의 간절한 간구와 쉽게 단념하지 않을 것 같은 결연함이 그 집 부인의 손가락을 움직여 다이얼을 돌리게 했던 것이다. 상황을 설명하고, 한참을 기다려 다시 걸려 온 전화는 참으로 비통한 것이었다. 군 기관 어떤 곳에서도 아버지의 신원이 확인되지 않는다는 것이었다. 그 순간 '그게 아니라면 죽었을' 것이라는 예비군 중대장의 말이라도 떠올렸을까, 어머니는 간신히 참았던 눈물을 꺼이꺼이 토해 내고 말았다.

어머니와 종철은 시내로 나섰다. 혹시, 아버지의 시체라도 찾을 수 있을까 싶어서였다. 여동생은 옆집 권사 할머니 댁에 맡겨 둔 채로였다. 계림교회 권사인 할머니는 말이 없이 늘 웃기만 하는 사람이었다. 종철은 상무관에 들어서는 순간 코를 감싸 쥐었다. 입구에 설치된 분향소에서 타오르는 향과, 안에서 흘러나오는 퀴퀴한 냄새가 속을 울렁거리게 했다. 어머니가 내어 주는 손수건으로 코를 막은 종철은 겨우 숨을 쉴 수 있었다. 상무관 안에는 태극기로 옷을 입은 관들이 두 줄로 반듯하게 열 지어 있었다. 시신 중 가족을 찾은 사람들은 관을 둘러싼 채 오열하는 중이었고, 또 다른 누군가는 두려움이 가득한 눈으로 관들을 살피고 있었다. 시신 속에서 가족을 발견해도 또 발견하지 못해도 비통하기는 매한가지였다. 어머니는 애써 감정을 추스르려는 듯 담담한 표정을 지었다. 벽에 부착된 사망자의 명단과 관을 일일이 확인했지만 아버지를 찾을 수는 없었다. 누군가 건너편 도청에도 시체들이 있으니 그쪽으로 가 보라고 했다. 그곳에는 아직 신원이 확인되지 않은 시체들이 많다고 했다.

도청 앞 광장에 퍼붓듯 찬란한 봄볕이 쏟아져 내렸다. 그 찬란함 속에서 누군가의 주검을 이해하기란 도저히 불가능한 일이었다. 누구도 잔혹해질 수 없을 것 같은 봄날, 도대체 무슨 일이 일어났던 것인지 종철은 짐작할 수 없었다. 종철의 앞에 '백운동 – 도청–용봉동' 팻말이 부착된 버스 한 대가 멈춰 섰다.

"종철아! 너 뭔 일 있냐? 얼굴이 뒤죽박죽 엉망진창 개차반이다."

버스를 운전하고 있는 사람은 노총각 담임이었다. 대중교통이 없어진 상태에서 임시로 노선을 만들어 운행하는 무임 차량이었다.

"선생님은 얼굴이 활짝 피셨네요. 곧 장가가시겠어요."

"저 자석이 나를 들었다 났다 지 맘대로네이. 니가 선생 해라 이놈아."

담임은 비로소 제 본분을 찾은 사람처럼 무지하게 신난 표정이었다. 비참한 말이지만 담임을 위해서라면 이 아비규환 속 휴교가 되도

톡 길게 이이져야 할 것만 같았다.

　도청 입구로 군용 트럭 한 대가 들어섰다. 시민군이 운전하는 트럭 짐칸에 시체 두 구가 실려 있었다. 옆 문짝에 하얀 페인트로 '44'라고, 또 짐칸 옆면에 '시체 운반'이라고 적혀 있었다. 도청을 드나드는 차량에는 각각 숫자와 글씨가 적혀 있었다. 112 순찰, 119 긴급 사항, 48 부식운반 등이었다. 시민군 자체적으로 숫자를 붙여 운행하는 차량들이었다.

　도청 안은 시체의 신원을 확인하려는 사람들로 복작거렸다. 시체의 신원 확인을 위해 머리 부분만 관 뚜껑이 열렸고, 시체의 콧구멍에는 커다란 솜이 틀어박혀 있었다. 관 뚜껑 위에는 음료수 병에 꽂힌 향이 타고 있었고, 배 한두 개가 망자를 위로하는 제물로 놓여 있었다. 미처 관에 안치되지 못한 시체는 비닐과 흰 천에 싸인 채 바닥에 놓여 있었다. 바닥으로 흥건하게 핏물이 흘러나오기도 했다. 어머니는 행여 울음소리가 새어 나갈까 손으로 입을 틀어막은 채 열려진 관 틈으로 시체의 얼굴을 확인했다. 두려움과 간절함이 어우러진 어머니의 눈빛은 금방이라도 폭포수 같은 눈물을 쏟아 낼 것처럼 아슬아슬했다. 어머니의 뒤를 따르던 종철은 순간 욱- 하고 바닥에 토하고 말았다. 머리의 3분의 1 가량이 없어진 그곳에 시커멓게 달라붙은 파리들이 피를 빨고 있었다. 저도 모르게 시체들로부터 달아난 종철은 민원실 옆 히말라야시더 밑동을 붙잡고 헛구역질을 해 댔다.

　도청에서도 아버지를 찾지 못한 어머니는 충장로의 한 병원을 찾앉다. 작은 내과 병원은 입구에서부터 팔을 걷어붙인 누나들의 줄이 길게 이어져 있었다. 지나는 사람들은 황금동 아가씨들까지 헌혈에 나섰다며 박수를 쳐 주기도 했다. 화장품 냄새가 짙게 풍기는 누나들 옆을 지나쳐 병원으로 들어선 종철은 꽉 들어찬 환자들에 놀라지 않을 수 없었다. 병실은 물론이거니와 바닥 여기저기에 아무렇게나 널브러진 환자들은 대부분 머리에 붕대를 감고 있었다. 군인들이 휘두른 곤봉에 머리가 깨진 사람들이라고 했다. 어떤 환자는 막 죽었는지 하얀 천에 싸인 채 들것에 실려 나가기도 했다. 어머니는 늙은 의사에게 나주 송월동에서 이송되어 온 환자가 있는지 물었다. 의사는 그런 사람은 없다며 바쁘게 사라졌다. 하지만 어머니는 종철의 손을 잡고 병원 구석구석을 살폈다. 종철은 혼잡한 틈바구니 속에서 낯설지 않은 얼굴을 발견했다. 앞치마를 입은 차명숙 누나가 방금 실려 나간 환자의 침대에서 시트를 걷어 내고 핏물을 닦고 있었다. 이제 방송을 그만둔 차명숙 누나는 병원에서 환자들을 돌보고 있는 모양이었다. 종철은 혹시 차명숙 누나와 눈이 마주치지 않을까 한참을 바라봤지만 누나는 빈 침대를 끌고 다른 병실로 이내 사라졌다.

오후로 접어들면서 많은 사람들이 시내로 모여들고 있었다. 어머니와 종철은 지친 다리라도 쉴 겸, 혹시 무슨 소식이라도 들을 수 있을까 갑수 형을 찾아갔다. 만호 형은 갑수 형이 YMCA 사무실에서 시민군 유인물 제작팀의 일원으로 활동하고 있으니 찾아가 보라고 했다. 무등극장 골목을 지나다 시민군에게 무료로 밥을 나눠 주는 광경을 목격했다. 아주머니들이 골목에 큰 솥을 걸어 놓고 불을 때서 밥을 하고 있었고, 지나던 시민군은 삼삼오오 둘러앉아 시래깃국에 말은 밥을 떠먹고 있었다. 벽면에 '연행학생 급식취사장'이라는 글씨가 붙어 있었다. 갑수 형은 투사회보를 제작하고 있었다. 잠시 후 열릴 '민주수호 범시민궐기대회'에 나눠 줄 것이라고 했다. 갑수 형이 건넨 팥빵 한 개를 어머니와 나눠 먹은 종철은 까무룩 잠이 들었다. 어머니가 어깨를 흔들어 깨어 보니, 옆구리에 유인물을 낀 갑수 형이 도청 앞 광장으로 나가자고 했다. 도청 앞 광장에는 수많은 사람들이 모여 있었다. 갑수 형은 유인물을 나눠 주며 인파 속으로 사라졌다. 잠시 후 환호성과 함께 분수대 위에서 사람 모형의 허수아비가 불길에 타올랐다. 허수아비의 목에는 '살인마 전두환'이라고 쓰인 팻말이 걸려 있었다.

콰쾅쾅ㅡ, 대문을 두드리는 둔탁한 소리가 짧고 굵게 들렸다. 종철은 꿈속인 듯 아득하게 들려오는 소리를 흘려보내며 다시 곯아떨어졌다. 아버지가 추운 듯 헐거운 등을 보인 채 저만치 멀어져 가고 있었다. 아버지의 잠바를 손에 든 종철은 '아버지' 외쳤지만 목소리는 밖으로 새어 나오지 않았다. 숨구멍에 돌이라도 박힌 듯 꼼짝할 수 없는 종철은 가쁜 숨을 몰아쉬었다. 한순간, 어머니의 소스라치는 비명이 꿈과 현실 사이를 날카롭게 갈라 놓았다. 벌떡 몸을 일으킨 종철은 밖으로 튀어 나갔다. 동도 트지 않은 거뭇한 새벽, 피투성이 채로인 한 남자가 대문 앞에 축 늘어져 있었다. 얼굴은 누군지 알아볼 수 없을 정도로 퉁퉁 부어 있었다. 어머니는 남자의 양쪽 겨드랑이에 팔을 집어넣어 대문 안으로 들이려 끙끙댔다. 종철은 어머니를 거들어 맨발인 남자의 두 다리를 들었다. 남자는 그렇게 팔과 다리만 들린 채 질질 끌려 들어왔다.

계엄군이 다시 시내로 쳐들어온다는 소문이 도청에 운집한 사람들 사이에서 돌았다. 주요 인사 외국인들이 미국 공군기를 이용해 오산으로 이동했다는 소문도 함께였다. 사람들은 술렁였고, 가족들을 데리고 시외로 피신을 가겠다며 서둘러 집으로 돌아가는 사람들도 있었다. 윤상원 시민군 대변인이 도청에서 외신 기자 회견을 한다고 했다. 갑수 형과 종철은 외신 기자들에게 나눠 줄 유인물을 들고 도청 기자 회견장으로 갔다. 그곳에서 종철은 윤상원 대변인을 처음 보았다. 곱슬머리에 광대뼈가 드러난 그는 부드러운 눈빛 속에 용감한 결단을 드러내 보이고 있었다. 완전히 너그러운 모습으로, 운명을 받아들일 준비가 끝난 사람처럼, 그렇게 평안한 얼굴이었다. 외신 기자 회견을 하는 동안 갑수 형과 종철은 회견장 밖 복도에 앉아 있었다. 밖에서도 윤상원 대변인의 목소리는 또렷이 들렸다. "오늘 우리는 여기서 패배하지만 내일의 역사는 우리를 영원한 승리자로 만들 것입니다 …… 끝까지 싸울 것입니다." 갑수 형은 두 손을 무릎 위에 두고 고개를 숙인 채 줄곧 무언가를 웅얼거렸다. 종철이 알아들을 수 있는 말은 "주여! 이 잔을 거두어 주소서."였다.

반나절 동안 의식 없이 누워 있던 만호 형은 점심때가 지나서야 겨우 눈을 떴다. 무엇으로 얻어맞았는지 온몸이 울퉁불퉁했다. 시커멓게 멍든 발바닥은 어떤 신발도 맞지 않을 것처럼 부풀어 있었다. 흘린 코피로 입고 있던 옷은 온통 피투성이였다. 멀건 쌀죽 뒤 숟가락을 넘기던 만호 형은 밭은기침 끝에 피를 토해 냈다. 시퍼런 가슴에 주먹 자국이 선명했다. 만호 형은 말하기도 버거운 듯 겨우 입술을 달싹였다. 계림전파사에 있던 만호 형은 느닷없이 들이닥친 남자들에 의해 끌려갔다고 했다. 만호 형이 끌려간 곳은 보안사령부 505부대 지하실이었다. 문이 열려진 한 방에서 곤봉으로 허벅지를 두들겨 맞고 있는 차명숙 누나를 보았다. 시커먼 허벅지에서 핏물이 찌걱거리는 것을 본 순간 만호 형은 바지에 오줌을 싸고 말았다. 만호 형을 의자에 묶은 남자들은 차명숙에게 스피커를 빌려줬으니 너도 빨갱이 새끼라며 주먹질을 퍼부었다. 거꾸로 매달아 곤봉으로 발바닥을 때리고 코에 고춧가루 물을 부었다. 만호 형은 종종 기절했고, 깨워서 때리고 또 깨워서 때리고를 밤새 반복했다. 새벽녘 만호 형을 집 앞에 버린 남자들은 대문을 쾅쾅쾅— 세 번 두드리고 그대로 사라졌다. 간신히 상황을 설명한 만호형은 차명숙 누나가 상무대로 옮겨질 것이라는 소리를 고문하던 남자들에게서 들었다고 했다.

어머니는 아버지를 찾으러 다니는 틈틈이 포장마차꾼 아주머니들과 대인시장 앞에서 먹거리를 만들었다. 국수도 삶고 주먹밥도 만들고 미숫가루도 탔다. 도청과 금남로를 오가는 시민군 누구라도 손짓해 그것들을 먹였다. 손님을 상대할 때와는 다른 어떤 사명감이 느껴지는 어머니의 모습은 어찌 보면 총을 멘 시민군을 닮아 있었다. 종철은 그런 어머니가 낯설게 느껴졌다. 그러면서 덜컥 겁이 나기도 했다. 비단 달라져 보이는 것은 어머니만이 아닐지도 모른다는 어떤 두려움이 가시처럼 명치끝을 찔렀다. 동명동 어느 건물 지하에 시체가 쌓여 있다는 소식을 전해 들은 어머니와 종철은 한달음에 달려가기도 했다. 어지러운 핏자국과 끌려 나간 흔적은 있지만 시체는 보이지 않았다. 군인들이 트럭에 옮겨 싣고 어딘가로 갔다고 말하는 사람도 있고, 처음부터 자루에 담아져 있어서 시체인지 무엇인지 확인할 수 없었다고 말하는 사람도 있었다. 종철은 아버지에 관한 어떤 소식이라도 얻어들을 수 있을까 종종 갑수 형이 있는 YMCA 건물을 찾았다. 항쟁지도부를 돕고 있는 갑수 형은 다양한 정보를 빠르게 접했다. 종철은 유인물을 제작하는 갑수 형을 돕기도 했고, 시민들에게 그것을 나눠 주기도 했다. 그것들을 할 때마다 종철은 이상한 힘이 샘솟는 것을 느낄 수 있었다. 아버지를 만나고 있는 것 같기도 했고, 아버지에게로 가고 있는 것 같기도 한 그런 느낌이었다.

밤새 잠을 뒤척이던 종철은 눈을 떴다. 자고 있을 줄 알았던 어머니는 우두커니 앉아 벽에 걸린 아버지의 잠바를 바라보고 있었다. 종철도 말없이 일어나 앉아 아버지의 잠바를 바라보았다. 이제 영원히 아버지는 잠바로밖에 만날 수 없을지도 몰랐다. 종철은 전날 외신 기자 회견장에서 들었던 윤상원 대변인의 말이 떠올랐다. 비록 아버지는 벽에 걸린 잠바로 남을지언정 역사는 아버지를 영원한 승리자로 기억할 것이었다. 갑자기 도청 스피커에서 애절하게 호소하는 방송 소리가 들렸다. "시민 여러분 도청으로 계엄군이 쳐들어오고 있습니다. 우리 형제자매들을 살려 주십시오." 다급한 여자의 목소리가 몇 차례 이어지더니 뚝 끊겼다. 그리고 잠시 후 운명의 시간을 알리듯 교회 종소리가 땡-땡-땡- 울려 퍼졌다. 어머니와 종철은 귀만 열어 놓은 채 오도카니 앉아 있있다. 폭풍 전야의 그 숨죽인 순간을 맞고 있는 느낌이었다. 탕-탕-탕- 타다다다탕- 무수한 총탄 소리가 새벽하늘에 구멍을 냈다. 종철은 제 가슴에 총이라도 맞은 듯 아찔했다. 종철은 오늘을 기억하고 싶었다. 역사의 시간은 1980년 5월 27일 새벽 4시 어디쯤 주검으로 맞선 숭고한 승리를 기록하고 있었다.

태극기 아래서

아들 죽고 석 달 동안 물만 생키고 살았소. 맹물 말고는 암것도 넘어가덜 안 험디다. 생때 같은 자석이, 그것도 암 잘못도 없이 죽었는디 목구녕으로 음석이 넘어가겄소. 내 창시가 개창시라고 혀도 그리 못 헐 일이제라. 어느 부모가 새끼 죽었는디 암시랑토 안케 끄니 찾아 밥숟구락을 들 것이요. 빼따구에 껍딱만 붙어서 간짓대가 되고 본께 이우제 사람덜이 다덜 아들 따라서 죽을 모냥이라고 눈물덜얼 찌걱거립디다. 참말로 죽고 잪은 맴이 굴뚝같아도 숨만 보타지고 정신줄만 놓제 그리 쉬 죽덜 안 험디다. 아매, 억울해서 원통해서 죽덜 못 했것지라. 눈을 감아도 눈을 떠도 아들 일굴만 비고, 당장이라도 '엄마' 허고 부름러 대문을 열고 들어올 것만 같아서 참말로 오목가심이 녹아납디다. 그라다 본께 난중에는 눈물도 모르고 피도 보타지고 쎄바닥까장 말려 들어갑디다. 살아 있달 것이라고는 눈구녕 하나빽이 없었제라. 이 원수를 어찌케 갚을 꺼나 눈에서 불이 빕디다.

동사무소에서 사망 신고를 허라고 맻 차리 기벌이 옵디다. 내 버투고 있다가 어쩔 수 없어서 나섰지라. 내 아들은 가슴속에서 낳아 죽덜 안 했응께, 언제까지고 죽었다 신고를 안 헐라고 했는디 연거푸 닦달얼 해 댄께 벨수 없었제라. 남편 등에 업혀서라도 내 눈으로 똑 사망 신고를 보고 잪아서 기언시 따라나섰는디, 이것이 참말로 마지막이다 생각헌께로 아무리 이빠지럴 앙물어도 발싸심이 나고 숨이 가빠집디다. 아들 사망 날짜럴 '1980년 5월 27일'로 적고 죽은 장소럴 '전남도 청'이라고 적는디 남편 글씨가 바람탄 것 맨치로 삐뚤삐뚤 한허고 흔들립디다. 남편 속도 그리 바람 탄 것맨치로 한허고 떨리고 아팠을 테제라. 하나뿐인 아들 사망 신고서를 쓰는 애비 맘이 오죽했을지 짐작허나 마나 물어보나 마나 뻬따구에 바람 든 것맨치로 시리고 애랬겄지라.

"애, 아자씨! 아드님 죽은 것은 안 됐소만은 죽은 날짜는 사월로 허고 죽은 장소는 집이라고 허믄 어쨌것소? 그라고 모다 계도허라고 욱에서 지침이 내려와싼께 협조 조까 해 주씨요."

동서기가 사망 신고서를 뽀짝거리드니 참견질을 헙디다. 아무리 욱에서 시켜서 허는 일이라고는 헌다지만 헐 일이 있고 안 헐 일이 있제, 자식 죽었다고 도장 박으러 온 부모 가심에 대못을 치믄 되것소.

"내 아들이 분명히 일천구백팔십 년 오월 이십칠 일 날 전남도청에 서 군인들한테 총 맞아 죽었는디 왜 냉택이 없이 사월 달에 집에서 죽 었다고 적으라는 것이요?"

단박에 내가 발끈해서 따졌지라. 참말로 눈에서 불똥이 튑디다.

"아따 거참, 아짐씨 말귀 못 알아 잡수시네. 데모허다 총 맞아 죽은 폭도 아들을 나라에서 생각고 일반인모냥 선량한 죽음으로 바꽈 준다는디 됩디 썽을 내고 그라시요. 시키믄 시킨 대로 헐 것이제.”

동서기가 무장 소가지를 부림서 새 사망 신고서를 남편 앞으로 내던집디다. 그때 내가 가심이 콱 맥해가꼬 숨이 넘어가 브렀소. 속에서 천불이 나고 열이 뻗친께 정신을 놔 버린 것이라. 얼매나 지났을까 깨고 본께 병원입디다. 제우 정신을 차리고 나가 결심얼 했소. 우리 아들이 폭도라는디 나가 우리 아들 폭도가 아니라는 사실을 만천하에 알리고 댕겨야 쓰겄다. 억울허게 죽은 우리 아들 다시 살려 내야 쓰겄다. 그 질로 깨죽 한 그릇을 싹 다 비우고 뽀짱 일어섰지라.

“학철아! 인자 그만 집이 가자. 너 아부지 알면 호디 천불 날 텐디 지발 나 애믹이지 말고 어서 가잔말다.”

도청으로 학철을 찾아온 어머니는 애가 타는 모습이었다. 장성댐 관리소에 근무하고 있어 집에 없는 아버지를 들추면서까지 집으로 가야 할 당위성에 힘을 더하려 했다. 아버지는 위로 누나 두 명을 낳고 늦둥이로 본 학철을 유달리 예뻐했다. 게다가 학철은 아버지가 바라는 광주상고에 무난히 입학하고 보니 그 애정은 말할 수 없었다. 때문에 어머니는 학철에게 무슨 일이라도 생길까 노심초사였다.

“엄마! 나 역서 할 일이 있어라. 형덜 심바람도 해야 허고 순찰도 돌아야 허고 또 민수랑 홍수랑 친구덜도 여럿 죽어 브렀단디 나만 어찌케 집이 가겄소. 나는 끝까지 도청을 지키자고 동지들하고 맹세까장 했당께요.”

학철은 이틀째 집에 들어가지 않은 채 시민군 순찰대 역할을 맡고 있었다. 그동안 학철이 친구 집에서 지내고 있는 줄로만 알고 있던 어머니는 이웃집 형으로부터 "이짐! 학철이가 시민군이 되야갖고 도청에 있습디다." 소리를 듣고 부리나케 쫓아왔던 것이다.

"니 친구덜 죽은 것은 애석허고 동지들허고 맹세도 좋다만은 나한테는 니 목숨보다 중헌 것이 없어 이놈아. 오늘 저녁에 계엄군이 밀고 들어온다는 소문이 짜헌디 뭔 개죽음을 당헐라고 이라고 버팅기는 것이여."

사실 학철은 죽는다는 것이 무섭기도 했지만, 그보다 더 끔찍한 광경을 목격하고 난 후, 죽음보다 참혹한 것도 있다는 사실을 알게 되었다. 그날 학철은 일찍 수업을 파하고 집에 오던 중이었다. 최루탄 가스와 함성으로 뒤덮인 도시는 안개 낀 창처럼 온통 뿌옜다. 그 뿌연 광경 속에서 여자의 비명을 쫓는 군화 소리가 말발굽 소리처럼 급박하게 이어졌다. 대학생처럼 보이는 누나는 터미널 앞 지하보도로 도망치는 중이었고, 그 뒤를 쫓는 군인은 먹잇감을 감지한 맹수처럼 맹렬한 추격을 선보이고 있었다. 잠시 후, 대학생 누나는 목이 물린 초식 동물처럼 힘없이 밖으로 끌려 나왔다. 군인은 누나의 머리채를 잡은 채 사정없이 뺨을 후려치더니 대검을 뽑아 옷을 찢기 시작했다. 웃옷과 바지를 대검으로 찢어 내자 살갗에는 칼에 긁힌 붉은 선들이 선명하게 드러났다. 팬티와 브래지어만 걸친 누나의 머리채를 휘감은 군인은 "나는 빨갱이 미친년입니다. 복창해, 이 쌍년아" 도로 한복판에서 개처럼 끌고 다녔다. 학철은 그 광경이 총상을 당한 채 도청 뒷마당에 널브러진 시체들보다 더 끔찍하고 무섭게 느껴졌다.

"오늘 새벽에도 계엄군이 쳐들어온다고 해서 신부님이랑 모다 수습대책위원분들이 농성광장까지 나가서 '갈 테면 우리를 밟고 가라'

험시롱 탱크 앞에서 버티고 서브러가꼬 더 이상 계엄군덜이 들어오덜 못했잖아요. 그라고 목숨을 걸고 광주를 지키는 분덜이 계시기 땀시 계엄군덜언 쉽게 못 쳐들어온당께요."

학철은 어머니를 안심시키기 위해 그렇게 말했다. 사실이었지만 또다시 그렇게 되리라 장담할 수는 없었다. 어머니의 말처럼 계엄군이 오늘 저녁 쳐들어올 것이라는 소문이 경찰 가족들과 외국인들로부터 사실처럼 흘러나오고 있었다.

"그려? 니가 정 그렇게 못 가겄다믄 나도 못 가겄다. 같이 항꾼에 죽자."

급기야 어머니는 민원실 앞에 벌러덩 드러누워 버렸다. 그렇게 드러누운 어머니는 꿈쩍하지 않을 요량인지 숫제 눈까지 감아 버렸다.

"아따 참말로 남우세스럽게시리 왜 이러신다요. 아부지랑 어머니가 내동 나한테 했던 말씀을 잊아브렀소? 나라와 민족을 위해서 꼭 필요한 사람이 돼야 쓴다고 조석으로 말씀하셨잖에요."

"······그려 니 말이 맞다. 근디, 죽겄다는 자석얼 그라라고 허는 부모가 세상천지에 몇이나 되겄냐. 나는 그리 위대헌 부모가 못 된께 널 기언치 델꼬 가야쓰겄다."

망설이다 이어진 어머니의 목소리가 파르르 떨렸다. 하지만 표정은 단호했다. 그런 어머니를 내려다보는 학철은 마음이 편치 않았다. 어머니의 마음을 모르는 것이 아니기 때문이었다. 학철은 하늘을 향해 휴− 긴 숨을 내쉬었다. 시민들은 제5차 민주수호 범시민궐기대회 참석차 수없이 도청 앞 분수대로 모여들고 있었다. 조금 있으면 애국가 제창과 함께 연단에 오른 사람들의 피 끓는 절규가 이어질 것이었다. 학철의 눈에는 모든 것이 장관이었다. 이런 역사의 현장을 목도하고 있다는 사실만으로도 가슴 벅찼다. 교과서로만 배웠던 '사회적 정의'를 직접 체험하는 느낌이었다. 학철은 어머니를 일으켜 세워 보려 힘을 써 봤지만 빳빳이 사지를 뻗은 어머니의 몸은 통나무처럼 꿈쩍하지 않았다.

"엄마! 알았응께 그만 일어납시다. 죽은 사람도 아닌디 요로고 여가 둔너 있으믄 안 된당께요. 여그는 죽은 사람만 둔너 있을 수 있어라."

학철은 깨끗이 승복하고 말았다. 어머니를 도저히 이겨 낼 수 없다는 사실을 깨달았기 때문이었다.

"그람 나 따라서 집으로 갈 것이여? 니가 확답을 허기 전에는 나는 절대 안 인날 것이여."

"참말로, 알았당께요. 엄마가 요로코 창피시럽게 둔너븐디 안 가고 배기겠소? 나라와 민족을 위한 사람이 되라고 갈칠 때는 언제고…… 참말로 시민군 되기도 무자니 어려와블구만."

학철은 어머니를 따라서 집으로 왔다. 어쩔 수 없었지만 잘한 일이었다. 그렇잖았다면 어머니도 도청 안에서 함께 새벽을 맞이했을 것이었다. 어머니는 학철만을 데려온 것이 못내 마음에 걸렸던지 계란집에서 계란 다섯 판을 이고 와 부랴부랴 삶아 댔다. 삶아진 계란을 도청으로 이고 가 시민군에게 들이밀어 주고 온 어머니는 그제야 얼굴에 화색이 돌았다.

전두환이가 광주에 온답디다. 아들 죽고 3년 지났응께 차마 가심에 피도 안 몰랐을 때제라. 공무원덜이 시내 정비럴 헌다고 요란 방구를 떨어 댑디다. 도로를 물로 씻어 내고 인도에 화분덜얼 받차서 올려 놓고 참말로 **빤작빤작** 소세럴 시킵디다. 모다 공무원덜도 광주시민덜이라 배알이 있겄지만 나랏밥얼 묵고 산게 벨수 없었겄지라. 통장이 집집이 돌아댕김서 전두환이 차 지나갈 때 도롯가에서 손 흔들고 태극기 흔들 사람덜얼 모집헙디다. 한 사람당 3천 원에서 5천 원썩 준다고 꾀이는디 아낙네덜이 너나없이 나갔지라. 버스비가 120원인께 아낙네덜 입장에서는 적은 돈은 아니고, 자식덜 입에 뭣이라도 넣 줄까 나갈 수백이 없었겄지라. 광주시민덜얼 그것도 꽃 같은 청춘덜얼 수없이 죽애븐 당사자를 향해서 손을 흔들고 태극기럴 흔든다니, 참말로 억장이 무너질 일이제라. 또 그라고 받은 돈으로 자식덜 입에 뭣인가를 넣 줘야 허는 기맥힌 상황얼 어찌 설명헐 수 있겄소. 태극기는 그런 죄인을 상대로 흔들어라고 맹글어 논 것인지 어디 가서 따져 묻고 싶습디다.

그때쯤 나는 살라고 기도원을 댕겼소. 안 그라고는 죽을 것맹키라서 맘 맽길 곳얼 찾아댕겼제라. 하루하루 산다는 것이 참말로 곤욕입디다. 남편은 아들 잃어버렸으니 인생 베래븐 걸로 생각허고 찰파닥 주저앉은 꼴이 똑 가실비 맞은 염생이 모냥입디다. 우두커니 대문 앞에 쑤그려 앉았는 모습을 볼라치믄 "그냥 항꾼에 칵 죽어븝시다" 소리가 목구녕에서 당그래질을 헙디다. 하루에도 맻 번씩 무담시 대문을 열고 고샅을 둘러보는 일이 남편 일과였응께라. 나한테 말은 못 해도 원망이 가득했지라. 아들 하나 지대로 간수 못 헌 여편네라고 얼매나 원망을 했을 것이요. 나는 그런 남편 눈도 못 쳐다보고 내동 구석때

기만 찾았지라. 함평이고 화순이고 장흥이고 조용허다는 기도원은 다 발길을 했제라. 그라던 중, 모다 같은 처지로 기도럴 댕기는 동지덜얼 만났지라. 그이덜도 나맨치로 맴속 불을 끄니라고, 어디든 그라고 찾아댕겼던 모양입디다. 모다 자식 잃고 남편 잃고 오죽 가심이 답답했으믄 그라고 기도원을 찾아댕겼을 것이요. 모다 처지가 같응께 가슴속 맺힌 응어리도 나누고 위로도 허고 항꾼에 울기도 허고 그라다 본께 그 안에서 알게 모르게 의식이라는 것이 생깁디다. 그렇게 해서 어머니덜 맻이 유족 모임을 맹글았지라.

전두환이 광주에 온다는 소리럴 듣고 다덜 우리 집서 모였지라. 그란해도 전두환이라믄 찢어죽이고 싶을 판인디 뭔 낯바닥으로 지가 광주를 온다고 그 야단인지 두고는 못 보겄습니다. 어치케 헐꺼나 궁리를 허다가 전두환이 들오는 질목을 막아블자, 의견이 모타졌지라. 광주 땅에 발얼 못 디디게 질바닥에 둔너블 생각이었응께라. 그냥 몸땡이로만 막아서는 안 되겄고, 뭔 소리라도 전해야 쓰겄다 싶어서 무명 치매를 뜯었제라. 플래카드를 어디서 맹그는 줄도 모리고 그냥 무명 치매 두 벌얼 뜯어서 잇대가꼬 "전두환이 이놈아! 내 아들 내놔라, 내 남편 내놔라" 매직으로 써서 태극기 한차 숭케갖고 나갔지라. 돈 주고 산 아낙네덜얼 공단 쪽으로 퍼 날린당께 전두환이가 그짝으로 올랑갑다 싶어서 그짝으로 쫓아갔지라. 질목마다 도로마다 경찰이고 공무원이고 행여 뭔 일이라도 일어날까 싶어서 보초럴 서니라도 야단입디다. 저만치 싸이카 두 대가 불얼 붐힘서 먼저 오고 그 뒤럴 시커먼 차덜이 따라옵디다. 도롯가에 늘어선 아낙네덜한테 박수럴 치고 태극기를 흔들어라고 공무원덜이 한창 부추깁디다. 때는 이때다 싶어서 다섯이서 도로 가운데로 우- 허니 나가서 무명치매에 쓴 것얼 펼치고 태극기를 몸에 둘렀지라. 모냐 달려오던 싸이카가 끽- 브레이크럴 밟고, 뒤따라오던 시커먼 승용차덜도 연거푸 멈춰섭디다. 그때까장 창밖으로 손얼 흔들던 전두환이가 뭔 일인가 싶어서 밖으로 낯바닥얼 삐죽 내밉디다. 그때사말고 또 젊은 청년 하나가 뛰쳐나오더니 싸이카럴 보독씨레뵙니다. 옳다, 잘되았다 싶어서 "전두환이 이놈아! 여그가 어디라고 낯바닥 부끄런지도 모르고 찾아왔냐? 니가 잡아묵은 생때같언 산목숨 살려 내라 이놈아." 악얼 써 댔지라. 단박에 사복 경찰덜이 개떼맹키로 달려들어서 미친개 끌어내듯 헙디다. 어치케나 모지락시럽게 끌어내던지 옷덜이 뜯어지고 신발이 벗어지고 사람 취급이라고는 일절 없습디다. 그질로 서부경찰서로 잽혀 들어갔지라. 근디, 전두환이 경호헌다고 전부 배깥으로 나가블고 경찰서에 사람이라고 맻 없습디다. 어디서 소식을 듣고 왔는지 5·18 유가족덜이 경찰서로 달려와서 항의를 허고 분탕질을 허는 통에 우리는 갱신히 빠져나올 수 있었지라.

"거참, 기분 묘하네. 피 같기도 하고 국 같기도 하고……"

밤 11시, 저녁으로 육개장이 니왔다. 수저를 들넌 소장 망치가 누런 이빨을 드러내며 웃어보였다. 그러나 웃음 끝은 시들했다. 학철은 다른 7명과 함께 기동타격대 3조에 소속되었다. 도청 식당에서 밥을 해주던 여성 시민군들은 이미 동명교회로 피신하고 대부분 남자들만 남아있었다.

"조장님, 장난치지 마시랑께요. 해필 왜 요런날 육개장은 끼래가

쇼……"

학철은 육개장에 담갔던 숟가락을 휘휘 저었다. 선뜻 입속으로 수저가 들어가지지 않았다.

"야, 은행! 너는 뭣 헌다고 집이 갔다가 돌로 왔냐? 먹물덜언 다 내빼블고 씨알도 없는디."

구두가 학철에게 고기 건더기를 덜어 주며 한쪽 눈을 찡긋해 보였다. 학철이 상고를 다녔기에 은행원이 될 것이라 추측하고 다들 그렇게 불렀다. 구두는 황금동 콜박스 사거리에서 그날 닦을 손님들 구두를 수거하는 찍새였다. 손톱 밑에 시커먼 구두약이 신분처럼 짙게 끼어 있었다.

"어머니가 가라고 했당께요. 광주의 자존심 도청을 지켜 내라고, 계엄군 놈덜 보이기만 허믄 불알을 쏴 번지라고, 신신당부까장 했는디……"

"허허, 그놈 참 둘러대는 솜씨가 일품일세. 그 정도 말솜씨라면 은행장까지는 문제없겠다."

망치가 학철을 향해 한쪽 눈을 찡긋하며 엄지를 들어 보였다. 사실 어머니는 저녁까지 학철의 방문을 지키고 있었다. 행여 다시 학철이 나갈까 마루에 앉아 상을 펴 놓고 벌레 먹은 콩을 고르는 시늉을 했다. 그러나 뜻밖에도 두암동 큰매형이 헐레벌떡 자전거를 타고 집으로 찾아왔다. 큰누나가 곧 첫애를 출산하려는지 산통이 심하다는 전갈이었다. 어머니는 난감한 표정이었다. 학철을 혼자 놔두고 가자니 안심이 안 되었지만, 그렇다고 단칸방에 사는 큰누나 집에 학철을 데려갈 수도 없는 노릇이었다. 그런 어머니를 향해 "아따, 염려 말고 언능 가시랑께요. 아까 낮에판에 그라고 동지덜얼 배신허고 와브렀는디 무슨 낯짝으로 거그를 다시 가겠소. 핑 가 보소, 그라다 누이 애 놓겠소." 학철은 그런 어머니를 향해 등을 떠밀었다. 그러나 어머니는 차마 못 미더운지 아니면 불안했던 때문인지, 앉았다 일어서기를 몇 번이고 되풀이한 끝에 마지못해 매형을 따라나섰다. 어머니가 매형의 자전거 뒷자리에 올라앉아 저 멀리 길을 벗어나자 학철은 곧바로 도청을 향해 뛰었다.

"시– 시내가 쥐– 쥐죽은 듯 조용한 것이 차– 참 거시기 허네이. 주– 죽어븐 놈만 서럽제 세– 세상은 암시랑토 안 해블구만."

넝마가 담배를 피워 물었다. 식사를 끝낸 조원들은 본관 2층 창문에 카빈총 한 자루씩을 기대 놓고 금남로를 바라다봤다. 어두컴컴한 도로 가운데로 적막이 흘렀다. 넝마는 계엄군에게 원수를 갚기 위해 시민군이 되었다고 했다. 계엄군은 떼 지어 다니는 넝마주이들을 향해 지나는 염소에게 하듯 그냥 총질을 했다. 망태를 짊어진 넝마주이라는 이유로 총을 맞고 죽어 간 동료들은 쓰레기 치워지듯 또 그렇게 어딘가로 실려 갔다.

"넝마 형, 담배 참말로 멋지게 피네이. 나도 한번 피와 보믄 안 되까?"

"이– 이놈 자석얼 마– 망태 속에 집어넣고 뒤바꾸 까– 까불라블까나 어쩌끄나. 너– 너 담임선상 이름이 멋이여? 이– 이번 상황 끝나믄 나– 나가 형님 된 도리로 며– 면담 신청 한번 해야 쓰것구만."

학철의 얼굴을 향해 넝마가 후– 담배 연기를 불어 넣었다.

"아그들아, 거 뽀시락장난은 그만덜 하자. 이 형님이 그동안 살아온 인생 중에 가장 찬란한 오늘을 보내고 있는 중이시니까 협조 좀 부탁한다."

망치는 3류 조폭으로 지금껏 가족과 주변 사람을 괴롭히면서 살아왔다. 평생 착한 일이라고는 해 본 적이 없어서, 사람들한테 따뜻한 위로나 격려 내지는 갈채를 받아 본 적도 당연히 없던 차에, 시민군을 향한 시민들의 아낌없는 환호를 받고 나서 눈곱만큼 개과천선의 조짐을 보이고 있었다.

"아따 조장님! 나는 이참에 아조 진짜 광을 내는 것 같아서 기분이 남다르당께요. 이때껏 때 묻은 구두에 광만 냈었는디 요참에 내 마음 한차 광주 한차 빤닥빤닥 광을 내고 있는 것 같아서 참말로 오지당께요. 쪼까 유식을 부리자믄 우리가 시방 역사의 한 페이지에 광얼 내고 있는 중이다 그 말이지라."

구두는 손님들을 많이 상대해서 그런지 말솜씨에 광이 났다. 그런 말을 해 놓고도 스스로 대견한지 어깨를 으쓱해 보이기까지 했다. 학철은 왠지 그런 구두가 싱거운 듯 진실해 보여서 친근함까지 느껴졌다.

"나- 나는 지금 이대로 시- 시간이 멈춰 브렀으믄 좋겄어라. 나- 나가 도청을 이라고 지키고 있다고 생각헌께, 또 나- 나가 동료덜 원수를 갚겄다고 이- 이라고 총얼 들고 서 있응께, 마- 막 속에서 뜨거운 것이 북받치고 나- 나가 넝마주이 양아치가 아닌 것 같고, 그- 그냥 가슴이 울렁울렁허니 차꼬 눈물이 나- 날락헌당께요."

"넝마야, 그 눈물 도로 안 집어넣냐? 너 계엄군 앞에서 지금처럼 눈물 콧물 질질 흘리면서 살려 달라고 싹싹 빌든 그땐 내가 너 눈알을 뽑을지도 모른다."

"아따, 조장님은 싸나이 눈물얼 그라고 단박에 짓밟아 버리신다요. 넝마 무색허게시리."

망치가 협박하듯 타이르자 구두가 달래듯 끼어들었다. 넝마는 얼른 소맷자락으로 눈물을 훔쳐냈다.

밤이 점점 깊어져서 새벽으로 넘어가고 있었다. 아스라이 새벽이슬이 내리기 시작하는지 축축한 느낌이 전해졌다. 조원들의 눈에 잠이 깃들기 시작했다. 내일이 있을지 없을지 모르지만 한순간이라도 피곤한 몸을 뉘어야 할 것이었다.

김근태 씨럴 찾아갔지라. 김근태가 누군 줄도 몰랐는디 그이가 민청년의장이라고 그래도 믿을 만헌 사람이라고 누가 일러 줍디다. 어머니덜 일곱이서 고속버스럴 타고 무작정 서울로 올라갔지라. 서울지리럴 알아서 간 것도 아니고 지푸래기라도 잡을라고, 아무도 우리 말얼 안 들어주고 죄인 취급허고 폭도 가족덜로 몰아 버링께 한이라도 풀어 볼까 싶어서 갔던 것이제라. 찾아강께 김근태 그 냥반이 벨말도 없이 종우에다 글씨를 써서 뵈 줍디다. 사무실에 도청이 된께 필담얼 허잡디다. 우덜도 그란 중 알고 종우에다 찾아온 이유를 썼지라. 심근태 씨가 역곡 어디로 가믄 사람이 찾아갈 것잉께 그리로 가 있으라고 헙디다. 대차나 역곡 어디로 강께 사람이 나와서 우덜얼 여관으로 데불고 갑디다. 이래저래 해 금판이 돼 브렀응께 그랬것지라. 이런 저런 야그를 한참이나 듣등만 청와대 가는 길얼 갈차 줍디다. 우덜이 기언치 전두환이럴 맨나서 따져 물어야 쓰것다고 한 맺힌 소리럴 형께 그랬것지라. 여직 청와대를 찾아갈 생각은 못 했는디 참말로 숨통이 트이고 보타진 가심에 물이 쪼까 축여진 것 맹키로 심이 납디다. 우덜이 올라갈 적에 애기 기저구에다 글씨럴 써갖고 갔지라. 그놈얼 허리에 감고 청와대 앞이까장 찾아가는디 어치케나 조여 맸는지 당췌 숨얼 못 쉬겄습디다.

차덜이 쌩쌩 달린디 죽으믄 죽고 살믄 살고 그냥 뛰어들었지라. 한쪽에서는 기저구를 펼쳐 들고 또 한쪽에서는 태극기를 펼쳐 들고 양쪽 도로를 막아서 브렀지라. 그때가 여름이었는디 허리에 감은 기저구를 풀어놓고 본게 땀이 차서 글씨가 얼룩져 브러가꼬 뭔 말이 뭔 말인 줄도 모리게 되았습니다. 죽은 자석 살려 내라고 우리 자석들 죽인 놈 전두환이 나오라고, 악얼 써 대고 있는디 단박에 백차 두 대가 쏜살같이 달려듭디다. 대번에 어디 철거민들이냐고 머리끄뎅이럴 잡아 챔스로 차 속으로 틀어박읍디다. 우리는 광주에서 자식 잃고 남편 잃고 억울해서 찾아온 어머니들이라고 소리를 질러도 통 뭔 말인 중 알아듣덜 못 헙디다. 아매도 광주 5·18 자체럴 모르는 모냥입디다. 참말로 환장허고 꼬꾸라질 일이제라. 그라고 수많언 사람덜이 죽어 나고 전쟁터나 다름없었는디, 광주5·18얼 모르다니 세상이 얼매나 엉터리였는지 알아볼짜제라. 그렇게 종로경찰서로 끌려갔는디, 정보과장이라는 사람이 또 어디서 온 철거민덜이냐고 쌍소리럴 해 댑디다. 하도 부애가 나서 내가 책상 욱에 놓였는 주진자를 던져 브렀지라. 물이 가뜩 차 있었던지 벽이고 바닥이고 물벼락이 돼븝디다. 사방디로 뿌려진 물얼 닦아 내니라고 경찰덜 여런이 달라드는 것얼 보는디 '아, 저 물벼락모냥 광주5·18을 사방디로 알리고 다녀야 쓰겄구나' 생각이 퍼뜩 듭디다. 광주에서만 외칠 것이 아니라 어디고 찾아가서 광주5·18을 알려서 전두환이랑 군인덜이 저지른 만행을 온 천하에 알려야 쓰겄다. 그것이 나가 해야 헐 일이구나, 생각이 든께 하늘 욱에 사닥다리가 놓인 것맨치로 앞이 환해집디다.

"광주시민 여러분! 지금 계엄군이 쳐들어오고 있습니다. 사랑하는 우리 형제자매들이 계엄군의 총칼에 죽어 가고 있습니다. 시민 여러분! 우리 시민군을 도와주십시오. 우리를 잊지 말아 주십시오. 우리는 끝까지 광주를 사수할 것입니다. 지금 도청으로 계엄군이 쳐들어오고 있습니다."

새벽 2시 30분, 도청 옥상에 설치된 스피커에서 절규하듯 여성 방송원의 목소리가 울려 퍼졌다. 온 천지가 고요한 적막 속에서 울려 퍼지는 고음의 호소력 깃든 목소리는 온몸의 잔털이 일어날 정도로 찌릿했다.

"저놈들이 기어코 전쟁을 하자고 덤벼드네. 나를 영웅으로 만들어 준다는데 나로서는 마다할 이유가 없고."

망치가 일어서 창틀에 총을 받쳤다. 다른 조원들도 총을 들고 일어섰다. 멀리서 전차 바퀴 구르는 소리가 도로의 진동으로 느껴졌다. 어디쯤 계엄군이 밀려들어 오고 있는 모양이었다.

"조장님! 영화에서 본께로 진정한 영웅은 다덜 장렬한 최후럴 맞이하던디 혼차 영웅 허지 말고 항꾼에 엑스트라로 살아남는 것이 어짜것소?"

구두가 힐끗 망치를 쳐다보며 썩은 어금니를 드러내 보였다.

"구두 너는 극장을 밈대로 드나들 수 있어서 영화를 많이 봤으니까 나가 하나 묻겄다. 생사를 같이하는 동지들끼리, 서로 이름도 모르고 사는 곳도 모르고, 이렇게 적과 대치 중인디 그것이 영화상으로 맞는 것이냐?"

"아따, 조장님! 시민군 안에 경찰 끄나풀이 많이 들어와 있응께 서로 신상에 대해서는 일절 발설허지 말라고 특별히 당부를 안 헙디여. 그라고 우리 신분이 시방 뭣이요? 영화상이든 현실상이든 그냥 민초 아니요? 그 옛날 임진왜란 때 의병이나 동학농민혁명 때 농민군이나 매한가지다 그 말이요. 이순신이나 전봉준이나 그런 대장 말고 그 외 민초들이 뭔 이름이 있었다요. 모다 그냥 이름 없는 총알받이였제. 조장님이 시민군 대장이라믄 또 모르겄소 망치 말고 이름 석 자로 역사에 남을란지⋯⋯"

"이름도 없이 죽어 버릴 수도 있다고 생각하니까 참 거시기 허다. 은행 너라도 살아남아서 우리들 얘기를 기록으로 남겨 주면 어쩌겄냐?"

드드드드 드륵–드륵–드륵–, 갑자기 케레바50이라고 불리는 기관총 소리가 온 천지를 뒤흔들었다. 창틀에 카빈총을 받치고 있던 조원들은 일제히 머리를 숙인 채 바닥에 주저앉았다. 파–파–파–, 도청 벽면에 총알이 튀는지 벽돌 쪼개지는 소리가 폭죽 터지듯 했다. 도청 뒤쪽에서는 계엄군이 담을 넘어 쳐들어오는지 M16 연발 소리가 콩 볶듯 울려 퍼졌다.

"자– 자덜 무기에 비– 비허믄 카빈총 요런 것은 자– 장난감이나 매한가지구만. 도– 동료덜 원수럴 갚자믄 하– 한 놈이라도 쏴 번지고 죽어야 헐 것인디, 이─ 이라다 총 한 번 못 쏴 보고 그─ 그냥 골로 가는 것 아닌가 모─ 모리겄네.”

넝마의 말이 끝나자마자 머리 위에서 유리창이 와르르 쏟아져 내렸다. 복도 유리창을 향해 기관총이 일제히 사격을 가한 것이었다.

“폭도들은 무기를 버리고 투항하라. 투항하면 목숨만은 살려 준다.”

계엄군이 서치라이트를 환하게 비추며 투항 권유를 했다. 기관총이 쓸고 간 뒤끝은 적막 그 자체였다. 숨소리도 들리지 않을 만큼 고요한 가운데 총을 쥔 학철의 손에서 땀이 끈적였다.

“다시 한번 알린다. 폭도들은 무기를 버리고 투항하라. 지금 투항하면 목숨만은……”

“야이, 군바리 살인마 새끼들아! 나 폭도 아니고 광주시민군 김병태다. 내 이름을 똑똑히 기억해라. 나는 영웅이고 너거들은 전두환이 좆이나 빠는 욱─”

망치가 창밖으로 빵─ 한 발을 쐈을 때 머리 뒤쪽으로 피가 튀면서 그대로 꼬꾸라졌다. 뒤쪽 하얀 벽면에 망치의 피가 뿜어진 것처럼 확 퍼졌다. 망치는 왼쪽 머리 절반이 없어진 상태로 꿀럭 마른침을 한 번 삼키더니 그대로 숨을 거두고 말았다.

“나─ 나도 쏴 브러라이 ﾚ─ 느자구 없는 놈들아. 나─ 나도 친구들 따라가─ 갈……”

널브러진 망치의 시신을 바라보던 넝마가 분개한 채 일어섰지만 곧바로 또 꼬꾸라졌다. 가슴에 관통상을 입은 넝마는 붉은 핏물을 웩─웩─ 토해 냈다. 넝마는 숨이 꺼져 가고 있었지만 표정은 볼일을

다 끝낸 사람처럼 환한 모습이었다. 벽면에 뿌려진 망치와 넝마의 피가 서치라이트 불빛에 더 환하게 붉어 보였다. 나머지 조원들의 눈빛이 심하게 흔들렸다.

"여러분, 하― 항복을 하는 것이 어쩌겠습니까? 이러다 다 죽게 생겼습니다."

누군가 떨리는 목소리로 말했다. 죽음에 맞선 목소리는 당당했지만 항복하자는 목소리는 사뭇 흔들렸다. 더 이상 계엄군을 상대한다는 것은 불가항력적이었다. 훈련받은 군인의 갖춰진 화력을 상대로 카빈총 한 자루씩 들고 싸운다는 것은 분명 무모한 짓이었다.

"은행아, 우덜도 투항을 허자. 요라고 죽는 것은 참말로 개죽음인 께로 일단 살고 봐야 안 쓰겄냐. 너 어머니를 생각해서라도 나랑 내리가자."

구두가 학철을 잡아끌었다. 구두의 얼굴에 두려움이 짙게 드리워져 있었다. 학철은 어머니 얼굴이 떠올랐다. 계란을 삶아서 시민군에게 나눠 주고 돌아와서 안도의 숨을 내쉬던 어머니를 생각하니 마음이 아렸다. 어머니는 그런 사람이었다. 다른 사람 가슴에 옹이 박히는 일을 하지 않는, 설령 했더라도 금세 그 옹이를 빼낼 줄 아는 선한 사람이었다. 학철은 어쩌면 어머니의 가슴에 평생 빼내지 못할 옹이를 박게 될지도 몰랐다. 어머니는 그 옹이를 한평생 그러안고 고통 속에 살아갈 것이었다.

"어머니럴 생각한다믄……"

기동타격대원들은 투항을 하거나 지하로 숨기 위해 아래로 내려가는 길을 선택했다. 살아야하기 때문에, 가치 없는 폭력의 희생자가 될 필요는 없기에, 내려가는 것이었다. 그들에게 비겁자라고 손가락질할 자들은 그들을 무력으로 굴복시킨 계엄군뿐이었다. 학철은 구두와 함께 복도를 걸었다. 복도 끝에 아래로 내려가는 계단이 있었다.

방송에서 서울대생 박종철 고문치사사건이 보도됩니다. 서울 시내 곳곳에서 수많은 사람덜이 억울한 죽음에 항의허니라고 시위허는 모습이 빕니다. 나도 저그를 찾아가서 심도 보태고 광주5·18도 알려야 쓰겄다, 생각이 듭니다. 항꾼에 갈 어머니덜얼 모투는디 여간 에롭습니다. 모다 묵고살기도 폭폭시럽고 형사덜이 어치케 못살게 굴어싼지 운신허기가 쉽덜 안 했응께요. 광주에 전두환이가 올 때나 사회적으로 뭔 사건이 생기믄 5·18 유가족덜언 감옥소 생활을 했지라. 전경덜이 집 주변을 둘러싸고, 형사덜언 구둣발로 안방까장 들어와서 드러눕다시피 했응께 내 집이 내 집이 아니고 사는 것이 사는 것이 아닙니다. 그렇게 시나브로 어머니덜이 떨어져 나가고 그나마 모타봉께 서넛됩니다.

서울에 올라강께 참말로 시내 곳곳에 사람덜이 말도 못 허게 모였습니다. 광화문으로 종로통으로 대로라믄 꽉꽉 찼습니다. 사람덜이 끝에서 끝이 안 뵈고, 건물 안에서건 옥상에서긴 "독재타도 박송철을 살러내리, 고문치사 사행하는 폭력정권 타도하자" 구호를 외치는디 참말로 땅이 울고 하늘이 우는 소리가 요런 소릴랑가 싶습니다.

우덜도 "광주5·18을 아십니까? 군인들이 시민들을 많이 죽였습니다." 플래카드를 들고 다님서 목이 터져라 외쳤지라. 우덜이 그러고 다닝께 아주머니덜이 하나둘썩 곁으로 모입니다. 박종철이 영정 사진을 든 아주머니가 오고 또 조화를 든 아주머니덜이 여럿 모여듭디다. 그라다 봉께 아주머니덜이 삥 둘러서 애국가를 부르고 즉석에서 박종철 추모제가 되얐지라. 한 아주머니가 종우에다 쓴 성명서 비슷헌 것얼 읽는디 배운 사람맨치로 그 내용이 귀에 쏙쏙 들어옴시로 가심이 울렁입디다.

"생명은 소중한 것입니다. 그래서 그 누구도 함부로 남의 생명을 빼앗을 수는 없습니다. 국민의 피와 생명을 빼앗아 세워진 정권은 언젠가 국민에 의해 심판받기 마련입니다. 이 나라 군부독재정권에 알립니다. 나라는 국민의 피와 생명을 빼앗는 것이 아니고, 국민의 피와 생명을 지켜 주는 것입니다. 내 한목숨 바쳐서 민주화의 밀알이 된 박종철 열사를 기억하며……"

내용도 내용이지만 읽어 내는 모습이 얼매나 강단이 씨고 단아헌지 나도 저이모냥 조까 배웠더라믄 좋았겄다 싶습디다. 아주머니들이랑 그라고 항꾼에 시위를 헝께 콧구녕이 열리고 눈이 띄고 몰라비틀어졌던 가심에 피가 돕디다. 아매, 박종철이도 우리 아덜도 이 모습을 보고 있다믄 죽어서도 기쁘겄구나 싶응께 눈물은 흐르는디 낯바닥에 웃음이 번집디다.

박종철 열사 그라고 떠나보내고 맻 달 안 되야서 아까운 목숨이 또 하나 꺼졌지라. 이한열이가 최루탄에 맞아서 또 열사가 되얐응께라. 이한열 장례식이 연세대에서 열린다는 소식을 듣고 또 서울로 올라갔지라. 김대중 씨랑 김영삼 씨랑 모다 앞자리에 앉았고, 사람덜이 정문까장 보이덜 안 헐 정도로 꽉 찼습디다.

우덜언 또 "광주5·18 어머니들이 함께합니다" 플래카드를 들고 장례식에 참석했지라. 모다 광주5·18이 뭣이냐고 물어들 쌉다. 흰 치마저고리럴 입고 있는 우덜이 뭔 사연이 있는갑다 싶어서 부러 물어들 봤겄지라. 광주에서 80년 5월에 요런 일이 있었다 설명을 헌께 뭔 세상천지에 그런 일이 있어야고 안 믿는 사람덜이 태반입디다. 첫술에 배부를 수 없응께, 그래도 사람덜한테 광주5·18을 요라고 갈차 줄 수 있응께, 그것으로 족허다 싶었지라.

이한열 어머니가 마이크럴 잡고 오열을 허는디 참말로 애간장이 녹아서 당최 듣기가 에롭습디다.

"여기 많이 모이신 젊은이들이여, 불쌍한 우리 아들이 갈망했던 민주화를 꼭 이 많은 청년들이 내 가슴에 맺힌 한을 풀어 주기를…… 한열아!"

통곡 소리가 어찌나 원통헌지 모다 눈물 바람입디다. 짐생이나 사람이나 새끼 잃어븐 애미 가심은 매한가지겄지라. 이한열 장례식얼 끝내고 노제를 지낸다고 학교 밖으로 나섭디다. 대문만이나 큰 영정 사진을 차에 싣고 신촌로타리로 서소문으로 시청광장으로 긴 행렬이 이어졌지라. 우덜도 플래카드를 앞세우고 그 행렬을 뒤따랐지라. 그 많은 사람들이 이한열이 가는 길에 발길을 보태는디 똑 산이 움직이는 것 맹입디다. 사람 목숨이 그냥 허망허게 꺼질 수도 있지만은 요라고 세상얼 크게 움직일 수도 있구나 싶응께 덩달아 위로가 됩디다. 노제가 끝나고 이한열을 실은 운구 행렬이 광주 망월동으로 출발헙디다. 한열이도 광주의 아들이었구나 생각헌께 더 맘이 씨이고 더 자랑시럽고, 또 한열이 어머니럴 언제든 또 맨나것구나 생각헌께 오기럴 참말로 잘했다 싶습디다.

그 뒤에 우루과이라운드 땀시 농산물 수입헌다고 전국적으로 농민 운동이 심허게 벌어졌지라. 농민덜이 목숨으로 치는 쌀얼 수입헌다고 허니 들고 일어난 것이제라. 거그도 목숨 지킨다는디 도와야 쓰겄다, 동지들허고 농민운동 현장을 찾았제라. 농민덜 참말로 무섭게 싸웁디다. 농기계로 밀어붙이고 경찰차덜얼 꼬실르고 이녁 몸 베레블 생각으로 투쟁얼 헌께 경찰덜도 물러섭디다. 아매 농민덜한테 질얼 안 터주고 경찰덜이 진압했드라믄 거그서도 피를 봤겄지라. 5·18때도 마구잽이로 시민덜얼 억압헐라다가 그 사달이 나고 말았응께라.

새만금 방조제 땀시 부안에 가서 환경단체랑 주민덜이랑 숙식얼 같이허기도 했제라. 믿을랑가 싶소만은 새복녘이 된께 우ㅡ우ㅡ 허니 바다가 웁디다. 지 팔다리가 잘려 나가는디 울음소리럴 안 낸다는 것이 이상헐 야그지라. 나도 그라고 팔다리가 떨어져 나간 심정으로 평상얼 울고 살았응께 그 맴얼 알고도 남제라. 물길 끊어진 갯가상에서 벅수모냥 그라고 서 있으믄 죽은 아덜 모습이 한허고 떠오릅디다. 똑 내 맴 같언 한시런 노래럴 혼차 흥얼거림서 바다를 바라봤지라. 넘이 보믄 청승일 테지만 나는 그것이 맴속 고름 삭후는 일이었제라.

미치갱이맨치로 시위 현장이라믄 오만 군데럴 다 쫓자댕겼지라. 폴쎄 우덜언 관찰 대상에 올라 있어서 잽히믄 바로 차에 태와져서 어디까지고 끌려갔지라. 닭장차에 실어가꼬 멀리 다른 지역으로 끌려댕기다가 한 사람썩 떨꿔 놉디다. 생전 와 보도 못헌 행길에 혼자서 떨궈지믄 그냥 눈물보텀 쏟아집디다. 그냥, 산다는 것이 근천시럽고 왜 이라고 댕겨야 허는가 나 자신이 원망시럽습디다. 낯선 질바닥얼 한허고 걷다가 경운기도 얻어 타고 빈차도 얻어 타고 그라고 헤매고 다니다 집으로 돌아오곤 했지라. 유가족덜 이간질시키니라고 관제 유족을 앞세워서 우리럴 핍박허기도 헙디다. 망월동 묘지에서 시신얼 파다가 다른 디다 이장을 허믄 천만 원썩 준다고 꾀입디다. 우리 아저씨 한 달 품삯이 25만 원이었응께 적은 돈은 아니었제라. 관제 유족덜이 그 일얼 앞장서 힘스로 펀얼 가릅디다. 그때 더러 이장얼 헌 이들이 있제라. 또 시키는 대로 쥐 죽은 듯 살기로 각서에 도장을 찍으믄 영암 어디 간척지 논 백 마지기를 준다고 낚이질얼 헙디다. 참말로 자석 죽고 찬물에 밥 몰아서 갱신이 목구녕으로 넝구고 살아가는디 나가 돈이 뭔 필요가 있다고 각서에 도장얼 찍을 것이요. 나는 아덜 죽고 세상껏 다 잊아블고, 오직 폭도가 아니라는 사실만 밝히니라고, 또 꺼져븐 아덜 목숨 내가 대신 잇니라고 살아가는디, 그 꿈에 내가 넘어갈 것이라고 그 수작질을 허고 있으니 코웃음이 나옵디다. 놈덜얼 보고 내가 그랬소.

"야이, 추잡던지런 놈덜아! 너덜 같으믄 니 새끼 목숨값으로 고기사 처묵고 땅마지기나 갖고 살믄 맘이 편안헐 것 같으냐?"

학철은 아래로 내려가는 대신 위로 올라가는 길을 택했다. 복도 끝 계단에서 학철은 옥상으로 향하는 계단을 밟았다. 계엄군에게 옷이 갈가리 찢긴 누나는 끝내 "나는 빨갱이 미친년입니다" 소리를 따라하지 않았다. 그래서 누나는 도로 한복판에서 죽도록 두들겨 맞고 돼지처럼 트럭에 실려 어딘가로 사라졌다. 학철은 도청 옥상 국기봉 아래 섰다. 학철은 저 멀리 어둠 속 어딘가에 등을 보이고 있을 집을 바라보았다. 그곳에서 첫 울음을 했고, 몽정을 했으며 수염과 털이 솟아났다. 그 모든 성장은 어머니와 아비지가 씹어 넣어 준 밥알로부터 비롯되었을 것이었다. 학철은 환한 미소를 지었다. 뒤돌아보니, 꽃이 피듯 그렇게 화사한 날들이었다.

"무궁화 삼천리 화려강산 …… 이 기상과 이 맘으로 충성을 다하여……"

학철이 국기봉 아래서 애국가를 부르자 서치라이트 불빛이 일제히 쏟아졌다. 학철은 어깨에 카빈총을 맨 채 서치라이트 불빛을 받으며 의연히 애국가를 불렀다. 국기봉에 조기로 걸린 태극기가 든든하게 학철을 내려다봤다. 그래서 학철은 두렵지 않았다.

"부대 사격."

학철의 애국가가 저 멀리 잠든 무등산을 깨울 때쯤 총소리가 울려 퍼졌다. 타타탕— 발사된 총알이 학철의 몸을 뚫고 지나갔다. 뚫린 구멍 사이로 밝은 달빛이 스며들어서 학철은 아프지 않았다. 학철은 잘린 나무처럼 도청 앞마당으로 쓰러져 내렸다. 죽은 자들만이 누울 수 있는 도청 앞마당에 비로소 학철은 안착했다. 저 멀리, 이명처럼 갓 태어난 조카의 울음소리가 아득히 들려오는 듯했다.

참말로 가슴 아픈 때는 세월호 땝디다. 세월호 침몰되고 오월어머니집 회원들이 버스를 대절해가꼬 팽목항얼 찾았지라. 버스에서 내래가꼬 팽목항에 발 디딜 때보텀 볼쎄 눈물이 한허고 흐릅디다. 그 넓디넓은 바닷가에 죽은 아그덜 한이 서려가꼬 바람따라 휘도는디 가슴이 콱 맥해가꼬 오무락달싹을 못 허겄습디다. 우덜은 모냐 경험했기 땀시 그 고통이 어짠 것인지 알고도 남제라. 그래도 우덜이 왔다고 부모덜이 나와서 마중을 허는디 뭔 말 한자리 못 허겄습니다. 뭔 말 한 자리라도 헐모냥이믄 나가 몬차 울어블 참인디 이빠지럴 꽉 깨물었지라. 세월호 어머니 한 분이 나란히 걸음서 내 손얼 꽉 잡습디다. 그라고 분향소까장 걸어가는디 그 어머니가 똑 학철이 죽었을 때 내 나이쯤 돼 보여서 당최 쳐다보덜 못허겄습디다. 앞으로 모진 세월얼 어찌 견디끄나 싶은께 참말로 안씨러와서 가슴이 미어집디다. 그 어머니도 뭔 말얼 못 허고 내 손만 꽉 잡고 항꾼에 걸어가는디 속에서 울고 있구나 그 슬픔이 느껴집디다.

분향소가 바로 거글 텐디 걸어가는 동안이 참말로 질게 느껴집디다. 바람이 횡-허니 불었다 또 횡-허니 날래감스로 차꼬 우덜 곁얼 휘돕디다. 죽은 아그덜 혼백이 온 것 같기도 허고, 바다가 울고 있는 것 같기도 허고, 한발 내딛기가 천 근입디다. 분향소 영정 사진 앞에 섰는디 이름만 바꽈졌제 여그도 5·18이구나 싶습디다. 304명이 꽉 들어찼는디 그 옛날 상무관에 수없이 늘어놓은 목관덜이 떠오릅디다. 요라고 꽃다운 나이에 요라고 이쁜 새끼덜이 바닷속 찬물에서 얼매나 고통시럽게 죽어 났으끄나 생각형께 새나오는 울음얼 당최 못 바우겄습디다. 우리 학철이 나이 또래덜이어서 그란지 더 마음이 씨입디다. 세월호 어머니들이 주저앉은 채로 울어쌉디다. 그 눈물이 몰라보타질라믄 당아 멀었느디 이짜끄나 속이 애립디다. 내 옆이 주저앉은 어머니가 꺼이-꺼이- 통곡을 허는디 새끼를 잃어버린 짐승의 울음소리 똑 그것입디다.

"애, 어머니! 얼매나 아프요? 말 안 해도 그 맴 알지라. 지금부텀 맴 단단히 잡수시요. 어짜믄 인자보텀 시작일지 몰룽께. 인자 우덜언 요라고 늙어 버렸지만 뒤돌아보믄 지금껏 포기 않고 타협 않고 버튼 것이 참말로 잘헌 일이다 싶어라. 그라고 밥 잘 챙겨드시요. 나럴 위해서 싸우는 것이 아니고 죽은 자석을 위해서 또 세상얼 위해서 싸워야 헝께, 인자 이녁 몸땡이가 이녁 몸탱이가 아니란 말이요. 여자는 약해도 엄마는 강허다고 안 그럽디여."

항꾼에 부둥켜안고 울었지라. 그것 말고 나가 뭔 해 줄 것이 있었소.

나는 나이가 묵어서 언제고 죽겄지만은, 내 속 안에 시간은 우리 학철이 죽었을 때 딱 멈춘 채 여직 그대로요. 속 모르는 사람덜언 인차 세월도 그만치 흘렀는디 그만 좀 했으믄 쓰겄다고 싫은 소리덜얼 허기도 헙디다. 그란디 말이요, 진상이 밝혀진 것도 없고, 사과허거나 책임지는 사람도 없고, 아직도 폭도덜이니 빨갱이덜이니 헛소리덜얼 지껄이는 마당에 뭣얼 잊어블고 뭣얼 화해허고 뭣얼 용서허것소.

나는 여적지 우리 학철이가 어치케 죽었는지 그 내막도 모른 채 요라고 살고 있소. 시체덜 모다 논 중에서 학철이를 찾았는디 등짝에 '극렬분자 상호 오인 사격 사망'이라고 매직으로 휘갈겨 났습디다. 요 말이 뭔 말이냐고 군인덜한티 물어본께 폭도덜끼리 서로 지 편인 줄 모르고 쏴 죽였답디다. 그 말얼 듣는디 목이 꽉 맥해가꼬 말이 안 나옵디다. 총알이 세 방이나 뚫고 지나갔는디 시민군끼리 오인 사격을 했다니 기가 찰 노릇이제라. 분명히 군인덜이 쏴 죽인 것이 맞는디 그라고 누명을 씌워갖고 폭도로 몰아 버링께 한이 안 맺히겄소. 나 죽기 전에 진상이 밝혀져서 학철이가 어치케 죽었는지 그 내막이나 조까 알고 죽었으믄 원이 없겄소.

세월호 어머니덜이 나모냥 한얼 품고 늙어 나지 않을라믄 진실이 다 밝혀져서 가슴속 뿌랑구덜이 다 뽑아져야 허겄제라. 애린 학상들 꽃다운 나이에 죽어 난 것도 아깝지만은 젊은 어머니덜 평생 한얼 품은 채 늙어 날 것도 슬픈 일 아니것소.

* 이 소설은 오월어머니 두 분의 전화 인터뷰 도움을 받았습니다.

쓸 만한 놈이 나타났다

"쓸 만한 놈이 나타났다."

아침상에서 수저를 들던 아버지는 생선 토막 같은 한마디를 던졌다. 생전 별말이라고는 없는 침묵의 식사를 주도했던 아버지였기에 무슨 얘긴가 귀를 세울 수밖에 없었다. 가족들은 천천히 밥알을 씹으면서 그 '쓸 만한 놈'에 대한 뒷얘기를 기다렸다. 하지만 아버지는 우리의 기대와는 달리 쓸 만한 놈에 대한 더 이상의 언급을 하지 않았다. 원래 성격도 그러했지만 오랫동안 시청 감사과 근무로 다져진 신중함의 발로였다. 말을 꺼냈으면 끝을 맺어야 할 거 아닙니까, 따져 묻고 싶었지만 누구도 입을 열지 못했다. 아침부터 집안이 뒤집어지는 참극을 당하고 싶지 않은 때문이었다. 실제로 그러한 불상사가 일어나서, 아버지의 고성과 함께 손에 잡히는 뭔가가 날아간 후 언제 끝날지 모를 일장 훈계가 이어진다면 필경 아침상은 제사상이 될 것이었다.

그로부터 뒤 달이 지난, 그러니까 해가 바뀌어서 내가 여고 2학년 신학기를 앞둔 어느 날, 아버지는 또 한 번 아침 밥상머리에서 그 쓸 만한 놈에 관한 근황을 소개했다. 하지만 가족들은 또 무슨 귓구멍에 귓밥 쌓이는 소린가 심드렁한 표정이었다. 아버지는 우리의 반응과는 상관없이 생명처럼 여기는 수저 들기를 마다한 채 계속 말을 이어 갔다. 따라서 가족 누구도 감히 수저를 들지 못한 채 아버지의 입을 바라볼 수밖에 없었다. 그것이 우리 집안의 법도라면 법도요 코미디라면 코미디였다. 아버지는 비가 오는 날이나 대문 옆에 세워 둔 대 빗자루가 행방불명되었던 그 어느 날 빼고는 아침 식전에 꼭 동네를 그것도 광범위하게 쓸어서 반짝반짝 윤을 내는 버릇이 있었다. 나는 아버지의 그러한 행위를 애국심의 발로라고 생각했다. 마땅히 나라의 녹을 먹는 공무원으로서 솔선수범해야 할 일이고 본을 보여야 할 일이었다. 단지 좀 거슬리는 점이 있다면 동네를 쓸어 내는 행위는 과장되었으며 깨끗한 동네를 만들겠다는 일념보다는 시청 공무원으로서의 위상을 드러내는 데 더 집중했다는 점이었다. 여튼, 아버지는 뒤 달 전 식전 댓바람에 동네를 쓸어 내다가 그 쓸 만한 놈을 발견하게 되었고, 급기야 오늘 아침 둘이서 정신없이 동네를 쓸어 내던 중 빗자루와 빗자루가 찰나와 함께 비껴가면서 그만 머리와 머리가 부딪친 것이었다. 서로 각자 자신의 영역을 쓸어 내는 것에 충실하던 두 사람이 머리와 머리가 부딪친 관계로 인사를 나누게 되었고, 그 쓸 만한 놈이 자신을 길 건너 시민아파트에 뒤 달 전 이사 온 김 아무개라고 소개했던 것이다.

이후로도 그 쓸 만한 놈에 관한 소식은 종종 아침 밥상머리에서 아버지의 입을 통해 생중계 되었다. 시간이 지날수록 아버지는 그에 대한 관심 정도를 높였고, 급기야 자식들을 훈육시키는 대상으로까지 신뢰하기에 이르렀다. 아버지의 생중계가 아니더라도 나는 그쯤 쓸놈—아버지를 뺀 우리 가족 모두는 그 '쓸 만한 놈'을 '쓸놈'으로 줄여 불렀다—에 관한 소식을 또래 친구들을 통해 얻어듣게 되었다. 쓸놈이 이사 온 광천동 시민아파트는 광주 최초로 지어진 6·25피난민들과 주변 부랑자들을 위한 주거 개선 시범 사업 차원의 3층짜리 3동 시멘트 건물이었다. 때문에 말만 아파트지 재래식 공동 화장실과 공동 세면장을 사용하는 허름한 연립 주택 그 이상도 이하도 아니었다. 학교에서 수업료를 못 내서 담임으로부터 이름이 호명되는 아이들 다수가 그 시민아파트에 살고 있었다. 부모들 대부분은 막노동이나 무직이었으며 그중 알코올 중독자도 많았다. 나는 언젠가 친구가 살고 있는 그 시민아파트에 놀러 갔다가 하의를 실종한 채 그만 질식사할 뻔한 경험을 가지고 있었다. 사방이 꽉 막힌 재래식 시멘트 변소에 엉덩이를 까고 앉는 순간 훅— 숨구멍이 막혔고, 눈알과 얼굴은 식초라도 뒤집어쓴 듯 불타올랐다. 위험을 감지한 똥구멍마저 단단히 빗장을 닫아건 채 똥덩이를 밀어내지 않았으니 메탄가스 질식사의 가능성은 조금도 과장이 아니었다. 죽음의 목전에서 간신히 살아 돌아온 나는 이후로 다시는 친구 집을 찾지 않았다. 그런 시민아파트에 쓸놈이 이사 왔고 급기야 아버지의 열화와 같은 지지를 받기까지에 이르렀다. 뿐만 아니라 주민들의 그를 향한 호칭도 '청년회 총무'와 '주말학교 선생' 내지는 '신용협동조합장' 그리고 '새마을 지도자'까지 그야말로 호화찬란

했다.

나는 그 쓸놈이 낯선 동네에 이사 온 지 뒤 달 만에 사뭇 그럴듯한 감투를 그것도 한 개가 아닌 여러 개 뒤집어쓸 정도라면 분명 사기꾼 아니면 간첩일 것이라 확신했다. 엄마를 비롯한 이웃 아주머니들의 돈을 전부 들고 튄 '아모레 아줌마'도 어느 날 갑자기 동네에 나타나서 궂은일을 전부 도맡아 하더니 결국 계를 만들어서 한순간 싹 쓸어 담아 사라졌다. 무엇보다 아모레 아줌마가 계를 만들었다면 쓸놈은 신용협동조합을 만들었다는 점에서 동일 수법의 혐의가 짙었다. 어느 날 쓸놈은 자신이 만든 신용협동조합의 전액을 들고 그림자처럼 사라질 수 있었다. 만약 돈을 노린 사기꾼이 아니라면 간첩일 수 있었다. 어느 날 갑자기 동네에 나타난 그가 뒤 달 사이에 사뭇 여러 개의 감투를 만들어 썼다면 조직 구성에 관해 고도로 훈련된 자임이 분명했다. 빈민굴이나 다름없는 이 동네에 범상치 않은 그가 이사 왔다는 사실과, 이익도 없는 여러 일에 스스로 앞장선다는 점에서 의심의 여지가 다분했다. 사람들을 상대로 사기를 칠 생각이 아니라면 포섭의 목적이 분명했다. 지금껏 배운 반공 교육을 복기하자면, 빈민이나 노동자들을 포섭해서 사회 불만을 조장하고 국가 전복을 위한 선전 선동의 도구를 양산하는 것이 간첩의 역할이었다.

나는 그동안의 살아온 경험과 교육의 결과로 쓸놈을 사기꾼 아니면 간첩으로 단정 짓고 특별 관찰에 들어가기로 작심했다. 생명처럼 여기는 밥 수저까지 내팽개친 채 쓸놈을 상대로 극찬을 일삼는 아버지의 비정상적 정신 상태를 올바로 돌려놓기 위한 자식 된 도리와 앞으로 닥칠지 모를 우리 동네의 재정적 위험과 국가 전복 상태를 미연에 방지하기 위한 국민적 의무의 발로였다.

그동안 입지를 넓힌 쓸놈은 식전 동네 청소에 아이들까지 동원하고 있었다. 쓸놈이 토요일과 일요일 오후 이틀간 진행하는 주말학교는 아이들에게 꽤 인기가 좋은 모양이었다. 목욕탕을 다녀오던 나는 쓸놈이 시민아파트 마당에 아이들을 모아 놓고 레크리에이션을 하고 있는 광경을 목격했다. 대략 30여 명 정도의 유치원생과 국민학생을 대상으로 편을 갈라 피구 놀이를 하고 있었다. 위아래 한 벌짜리 파란색 추리닝을 걸친 쓸놈은 아이들 속에서 호루라기를 불어 가며 유쾌한 듯 심판 겸 사회를 보고 있었다. 갓난아이를 둘러업거나 코흘리개의 손을 잡은 채 멀찌감치 서서 구경하는 아주머니들도 눈에 띄었다. 왁자한 아이들의 웃음소리와 함께 동네에 생기가 도는 모습이었다.

아래로 다섯 살 터울인 남동생은 지나치는 내내 눈길을 주더니 집에 와서 목욕 가방을 던져 놓기 바쁘게 밖으로 달려 나갔다. 시민아파트 아이들과는 어울리지 말라는 어머니의 간섭이 있었지만, 어느 순간부터 동생은 시민아파트 아이들과 자주 어울리는 눈치였다. 쓸놈은 그 주말학교 학생들을 앞세워 식전 동네 청소를 실행하고 있었다. 부모가 학교 가라고 목구멍이 찢어져라 깨워도 쉽게 일어나지 않는 녀석들이 식선에 그것도 제 키만 한 대 빗자루를 들고 동네를 쓸어 대다니 뭔가 쓸놈에게 씌어도 단단히 씐 게 분명했다.

쓸놈은 비단 동네 아이들만 불러 모으는 것이 아닌 듯싶었다. 중학교를 함께 다녔던, 그러나 지금은 고등학교 대신 전남방직 공원으로 있는 미자의 말에 따르면 근래 쓸놈은 A동 216호에서 A동 114호로 한

층 내려 이사를 했다고 한다. 그런데 이사한 이유가 사람들이 자주 모이기 때문이라고 했다. 사람들이 2층까지 올라 다니기 복잡하니 그냥 집을 1층으로 옮겼다는 것이었다. 쓸놈의 집에서 주민 회의도 하고, 대학생들이 모여 무슨 토론도 한다고 했다. 미자는 쓸놈의 집에 드나드는 대학생 오빠들 중 한 명을 찍어 놓았다며 헛바람을 들이켜기까지 했다. 고등학교를 가지 못하고 방직 회사에 취직한 것을 창피하게 여기며 이 지긋지긋한 시민아파트를 하루빨리 떠나고 싶다고 발악하던 미자가 전혀 딴사람처럼 거울을 들여다보며 싱긋 웃어 보였다. 아버지에 이어 미자 년까지 미쳐 돌아가는 상황이니 꽤나 사태는 심각한 수준이었다. 나는 그 찍어 놓았다는 대학생 오빠가 너 같은 공순이를 거들떠보기나 하겠냐며 핀잔을 주려다 입을 꾹 다물었다. 시민아파트 재래식 화장실에서 똥독이 오른 것처럼 늘 싯누런 얼굴을 해 보이던 미자의 얼굴에 모처럼 번지는 환한 미소가 가련해 보였기 때문이었다. 사람이 웃고 있는데 그 모습이 가련해 보이기는 난생처음이었다. 그 웃음마저 빼앗아 버린다면 미자는 정말로 그 똥통에 빠져 죽어 버릴지도 모를 일이었다.

하여간 쓸놈이 다수의 동네 사람들과 대학생들까지 제 집으로 끌어들인다는 점은 놀랍지 않을 수 없었다. 어느 모로 보나 대학을 다녔을 리 만무한 그가 대학생들과 어떻게 어울릴 수 있는 것인지 미스터리하기만 했다. 내가 쓸놈이 대학을 다녔을 리 만무하다고 단언하는 이유는 일단 그가 풍기는 외향에서 비롯되었다. 겉모습이 반듯하고 총기가 있으며 사람에게 열려 있는 것은 사실이었다. 또한 이런저런 잡다한 것들에 능력을 발휘하는 것도 사실이었지만, 아쉽게도 학문적

소양까지 전해지지는 않았다. 그리고 보다 확실한 증거는 그의 부인이었다. 그의 부인은 150센티가 될까 말까 한 작은 키에 닭벼슬 같은 아줌마 파마를 하고 바짝 약 오른 암탉처럼 아침마다 온 동네가 떠나가라 꽥꽥 소리를 질러 댔다. 그녀의 새된 소리는 일면 상스럽고 시끄럽지만 한 번 들으면 또 기다려지는 이상한 마력이 있어서 "이런 느자구 밥통 삶아 묵은 여편네들이 무슨 낯짝으로 또 이렇게 수돗가는 어질러 놓은 거여? 내 눈에 걸리기만 걸리면 그때는 아조 머리통에 오강을 엎어 버릴 텡께"라든지 "어느 시러베 아들놈이 또 처묵고 게워 놓는 것이여? 지 여편네는 간장에 죽도 못 묵을 형편일 텐디 사나놈은 허구장천 술타령에 니나노니 살림이 될 턱이 있겠냐고." 걸쭉한 욕지거리를 육자배기처럼 내지르는 것이었다.

그날은 정말 야간 자율 학습이 싫어서, 온몸에 휘발유라도 뿌려서 분신하는 것으로 우리나라 교육 정책에 불을 질러 버리고 싶은 날이었다. 그러나 휘발유와 라이터가 없었던 나는 결국 생리통을 핑계로 야간 자율 학습을 하루 빠지는 것으로 소극적 의사 표명을 하기로 했다. 나는 아픈 듯 배를 움켜잡고 교실을 빠져나오며 나라서적과 전일빌딩 갤러리를 생각했다. 나라서적에 가면 외국 작가들의 화보집을 마음껏 볼 수 있고, 전일빌딩 갤러리에 가면 실제 그림들을 구경할수 있었다. 나는 모딜리아니와 같은 화가가 되고 싶지만 예술적 재능은 극장 간판장이 수준에 불과해서 목하 고민 중이었다. 버스 정류장에서 충장로행 버스를 기다리는 중 아랫배에 찌리릿— 통증이 느껴졌다. 나는 거짓말 때문에 일시적으로 그런 착각이 든 것이라 생각하며 대수롭지 않게 생각했다. 하지만 진짜 아랫배가 싸— 하게 아파 오는 것이 분명 생리통 조짐이었다. 날짜를 꼽아 보니 대충 때가 된 것 같기도 했다. 나라서적과 전일빌딩 갤러리를 들른 후 광주학생독립운동 기념회관 뒷골목 상추튀김으로 마무리를 하려 했던 나의 일탈은 보기 좋게 무산되고 말았다. 나는 아픈 배를 움켜잡고 집으로 발길을 돌려야 했다.

집 근처 슈퍼에서 후리덤 한 봉지를 사서 가방에 쑤셔 넣었다. 재수 없게 아줌마는 변소라도 갔는지 아저씨에게 값을 치러야 했다. 야릇하게 입꼬리를 치켜올리며 히죽거리는 아저씨의 주둥이에 피범벅 후리덤을 쑤셔 박는 상상으로 수치심을 달래며 슈퍼를 나섰다. 조금 전 슈퍼에서 막걸리 한 박스와 두부 반 판을 산 무리들이 뭐라고 시시덕거리며 앞서 걷고 있었다. 젊은 놈들이 초저녁부터 막걸리를 박스로 들고 가는 모양이 내일의 태양은 기대조차 않는 인생들이 분명했다. 하긴 그렇게 처먹는 군상들에게 내일의 태양이 무슨 의미가 있겠는가. 정말 인생 잘 살아야지 그렇게 마셔 대다가 종국에는 교도소 앞에서 눈물의 두부를 깨 먹는 촌극의 주인공이 될 것이었다. 어디쯤 그들과 엇갈려 가던 나는 순간 발걸음을 멈추고 뒤돌아섰다. 뭔가 짚이는 구석이 있던 나는 그들과 헤어진 갈림길에서 뒤를 쫓았다. 과연 예상대로 그들은 시민아파트 A동 114호 쓸놈의 집으로 기어들었다. 쓸놈의 집에 이웃들과 대학생들이 자주 드나들어 사랑방이 되었다더니 과연 술방이 된 모양이었다. 그들이 114호에 들어가고 잠시 후 왁자한 소리와 함께 술판이 벌어지는 소리를 들으며 나는 아픈 배를 틀어잡고 실소를 터뜨렸다. 아버지와 미자의 쓸놈을 대상으로 한 평가는 참으로 과장되었으며, 새벽 댓바람의 빗자루질은 오랜 하층민의 몸에 밴 습관이었겠노라 단정 지었다. 더불어 쓸놈의 집에 드나든다는 대학생들이 진짜 대학생인지 아니면 시쳇말로 먹고 놀자 대학생인지 의심하기까지에 이르렀다. 대학 같지도 않은 시시껄렁한 대학에 다니면서 대학생입네 놀고 자빠졌는 골 빈 인간들이 부지기수였기 때문이었다. 나는 집에서 게보린 한 알을 삼키고 누워 있다가 배 속이 진정되기를 기다려 다시 시민아파트 114호 앞으로 갔다. 문밖에서 귀를 세운 채 염탐하듯 기웃거리는 중 뭔 요상한 노랫소리가 돼지 멱따는 소리로 질러져 나왔다.

"간뗑이 부어 남산만 하고 목 질기기 동탁 배꼽 같은 천하 흉폭 오적의 소굴이렸다. 사람마다 뱃속이 오장육보로 되었으되 이놈들의 배 안에는 큰 황소 불알만 한 도둑보가 곁붙어서 오장칠보. ··· 어디 한번 서로 겨룸이 어떠한가 이렇게 뜻을 모아 훔칠 도짜 한 자 크게 써 걸어 놓고 도둑 시합을 벌이는데······"

생전 듣도 보도 못한 괴상한 판소리체 사설을 읊어 대며 저들끼리 "잘한다, 얼씨구" 장단을 맞춰 놓고 자빠졌는 꼴이 참으로 가관이었다. 아무리 부를 노래가 없기로 도둑놈들 희화하는 노래를 지껄이다니 수준 참 거시기했다. 나는 계속해서 쓸놈을 관찰해야 하나 말아야 하나 망설였다. 시시껄렁하세 노는 모양이 술꾼 그 이상도 이하도 아니었기 때문이었다.

난생처음 성당이라는 곳을 가게 되었다. 수학여행이나 소풍 때 절을 구경했던 것 말고 믿음을 실천하기 위해 종교 시설을 찾은 적은 없었다. 정신이 나약한 인간들이나 종교에 기대는 것이라는 아버지의 꼴통 철학 때문이었다. 어쩌면 아버지가 우리 집안의 절대 종교일 수도 있었다. 그러니 다른 종교들을 배척하는 것이리라. 하여간 미자의 간곡한 부탁으로 딱 한 번 성당을 따라가 주기로 했다.

미자는 요즘 그 대학생이라는 오빠에게 홀딱 빠져 있었다. 자고 일어나면 눈에서 실이 줄줄 딸려 나온다는 미자의 말은 거짓말이 아닌 듯싶었다. 퇴근하는 미자의 눈알에 가느다란 잔털들이 엉겨 있는 것을 본 적이 있다. 그것들이 아침이면 뭉쳐서 눈곱과 함께 줄줄 실처럼 딸려 나온다고 했다. 오래된 직공들 중에는 폐병쟁이들이 많다고 했다. 방직 공장 내부에 수없이 날아다니는 잔털들이 폐를 잡아먹는다고 했다. 미자도 가슴이 답답한지 자주 기침을 했다. 미자는 그 대학생 오빠가 희망이라고 했다. 미자의 희망이 그 오빠에게도 똑같이 희망이 될 수 있을지 따져 묻고 싶었지만 차마 그러지 못했다. 미자의 얼굴이 조금이라도 예뻤더라면 그 희망에 부채질을 해 줬을 테지만 아쉽게도 저나 나나 낯바닥은 영 아니올시다였다.

광천동성당 교리실 칠판에 '들불야학 제1기 입학식'이라고 적혀 있었다. 서른 명 이상 되는 십 대 후반에서 이십 대 초반의 노동자들이 헐거운 입성과는 달리 반짝이는 눈으로 기대감에 부풀어 있었다. 어찌나 눈을 밝혀 대는지 전구를 켜지 않아도 실내가 환할 정도였다. 그 친구들과는 달리 미자는 얼굴을 들지 못한 채 계속 무릎 위의 손만 비벼 댈 뿐이었다. 공부가 목적이 아니라 오빠가 목적이었으니 어쩌면 당연한 결과였다. 현재 대학생이거나 휴학 중이라는 강학 여덟 명이 교리실 옆으로 나란히 서 있었다. 아마 그중 미자가 좋아하는 오빠도 있을 것이었다. 나는 미자의 그대를 점치기 위해 찬찬히 훑어보던 중 말쑥하게 차려입은 낯익은 얼굴이 교리실 안으로 들어오는 것을 목격했다. 쓸놈이 여긴 또 웬일인가, 잠시 생각하는 중에 강학들과 몇 마디 나누더니 성큼성큼 걸어서 단상 위에 섰다. 쓸놈은 지역 주민을 대표해서 축사를 한다고 했다. 지역 주민을 대표한다는 것이 제 혼자 대표로 정한 것인지 아니면 진짜 주민들이 대표로 세웠는지 따져 볼 필요성이 다분했지만, 다짜고짜 축사를 해 대니 그냥 들을 수밖에 없었다. 쓸놈은 뻔뻔했지만 그만큼 제법 언변도 좋고 당당했다.

쓸놈의 축사를 요약하자면, 나는 어려서부터 어머니와 함께 '목포모자원'과 광주의 '인성모자원'에서 고아들과 함께 생활했다. '광주제일고등학교'를 졸업 후 대학을 가려 했지만 형편상 가지 못하고 공무원 생활을 잠시 했다. 군 제대 후 서울에서 신문 배달·과일 행상·포장마차 등 밑바닥 일들을 두루 경험했다. 때문에 여러분의 고단한 현실과 배움의 갈증을 누구보다 잘 알고 있다. 현재 사회적 약자들을 위한 공동체 사업을 진행하고 있으며, 가난해서 학업을 포기한 근로 청년들을 위한 교육 사업도 계획하고 있었던 바 이렇게 들불야학을 진행한다는 소식을 듣고 뜻을 같이하기로 했다. 분명 이 자리의 여러분 중에 미래의 대한민국을 대표할 훌륭한 선구자들이 나올 것이며, 지금 우리가 꿈꾸고 생각하는 그 모습이 미래 우리의 모습이 될 것이라 확신한다.

쓸놈의 축사가 끝나자 손바닥이 꽹과리라도 되는 양 요란한 박수소리가 터져 나왔다. 쓸놈을 의심하던 나까지 혼을 빼앗긴 채 박수를 쳐 댔으니 가히 상찬할 만한 축사라 할 수 있었다. 쓸놈은 사람을 끌어당기는 지남철 같은 강력한 그 무엇을 지니고 있음에 분명했다. 말주변으로 보나 반듯한 정신으로 보나 여러모로 광천동 빈민굴에서 뒹굴 위인은 아닌 듯싶었다. 사회적 약자들을 위한 공동체 사업을 진행 중이라는 그의 말에 고개가 끄덕여지기도 했다. 동네 사람들을 끌어모아 계속 무슨 일인가를 벌인다는 점에서 그의 행동이 일면 이해되는 측면이 있었다.

나는 그동안 쓸놈이 사기꾼 아니면 간첩일 것이라는 추측에서 본질적으로 그는 누구인가라는 원론적인 의문을 품게 되었다. 저마다 호구지책 하기도 빠듯한 세상에 공동체 사업이라 하니 허무맹랑한 소리처럼 들렸기 때문이었다. 쓸놈의 축사가 끝나고 강학 중 한 명이 나와서 쓸놈이 특별 강학 자격으로 시사와 레크리에이션을 지도할 것이라고 했다. 강학의 얼굴을 자세히 들여다보니 지난번 생리통 날 막걸리를 사 들고 시민아파트 114호로 들어가던 위인 중 한 명이 분명했다. 의심스러운 마음에 줄줄이 서 있는 강학들 낯바닥을 한 번 더 훑어보니 아니나 다를까 대부분이 그날 떼거리들 속 얼굴들이었다. 막걸리를 퍼먹고 황소 불알 도둑보 어쩌고 하는 되지도 않는 판소리를 뽑내던 그 인간들이 맞나 싶을 정도로 멀끔한 모습이었다.

아버지는 급기야 쓸놈에게 동화되기까지에 이르렀다. 쓸놈이 시민아파트 하수도 확장 사업 하는 것을 알고 행정상 문제되지 않도록 손을 쓰는가 하면, 쓸놈이 시민아파트 앞 도로포장에 열의를 보인다는 사실을 알고 다른 지역보다 우선 포장되도록 조치하기도 했다. 아버지는 쓸놈이 앞으로 어떤 일들을 벌일지 무척 궁금해했으며, 뭔가

일조하고 싶은 마음에 들뜬 표정이기도 했다. 아버지 못지않게 미자도 쓸놈의 적극 지지자였다. 쓸놈이 아파트 제값 받기 운동인가 뭔가를 실행하면서 깨끗하게 페인트칠로 새 단장을 씌우고, 그동안 부엌 아궁이에서 나무를 때던 집을 연탄아궁이로 바꾸는가 하면 몇몇 집에서 키우던 염소 새끼들을 내쫓으면서 그야말로 집다운 집으로 변신하는 중이라고 했다. 그리고 무엇보다 삶의 희망이 된 대학생 —그의 이름은 윤기철로 노동 운동을 하면서 들불야학에서 일반 사회를 가르쳤다— 오빠를 만나게 해준 은인으로 기억하고 있었다. 하지만 모든 사람들이 쓸놈을 좋아하거나 그가 하는 일에 찬성하는 것은 아니었다.

추석을 며칠 앞둔 어느 날 저녁, 나는 엄마의 심부름으로 슈퍼에 가던 중 그곳에서 상이군인 아저씨에게 못된 꼴을 당하고 있는 쓸놈을 목격했다. 한쪽 손에 쇠갈고리를 한 상이군인 아저씨는 술에 취해 있었고 바짝 독이 오른 사람처럼 쓸놈을 향해 온갖 욕설을 퍼부었다.

"니미 씨부럴 낼모레가 추석인디 나는 새깽이들허고 어디로 가란 말이여. 아파트 제값 받긴가 똥값 받긴가 허는 것 땀시 덩달아 월세도 올랐는디 우덜맹키로 하루 벌어 하루 연명허는 인간덜언 뭔 수로 월세를 감당허냐 이 말이여. 제집 가진 놈들이야 집값 올르믄 좋겠지만 우덜맹키로 세 들어 사는 인간덜언 당장 어쩌란 말이여. 당신이 참말로 공동체 사업인가 뭔가를 헌다믄 우선 우덜맹키로 오갈 데 없는 인간보텀 살려 내는 것이 우선 아니것어. 나는 인자 모르겄어, 월세 올려 낼 돈도 없고 새깽이들한차 길바닥에 나앉을 수도 없응께 살려 내든지 죽이든지 당신이 시작했응께 당신이 알아서 혀."

상이군인 아저씨의 멀쩡한 손은 소주병을 그러쥐고 있었고, 쇠갈

고리 손은 쓸놈을 향해 휘젓고 있었다. 누가 보든 상이군인 아저씨는 술 취한 불량배처럼 보였지만 한편 울고 있는 어린아이처럼 보이기도 했다. 사탕을 빼앗겨 버린 어린아이처럼 그악스럽게 울어 대는 모습이 환한 달빛 아래 어두운 그림자를 만들었다. 상이군인 아저씨는 한참을 그렇게 소리 지르다 제풀에 겨워 돌아갔고, 쓸놈은 한쪽 날개가 부러진 새처럼 슈퍼 앞 평상에 우두커니 기울어 앉아 있었다. 나는 슈퍼에서 물건을 찾으면서도 어쩐지 눈길은 자꾸만 쓸놈에게로 향했다. 쉽게 거두지 못할 쓸쓸한 잔상이 자꾸만 눈길을 잡아끌었기 때문이었다.

고개를 떨군 채 땅속으로 꺼져 가는 쓸놈의 어깨를 일으켜 세운 사람은 퇴근하는 박준명이었다. 미자의 귀띔에 따르면 박준명은 쓸놈과 고아원에서 함께 생활했던 동생이라고 했다. 쓸놈은 박준명이 직장에서 먹고 자는 모습이 안타까워 방 두 칸짜리 자신의 집에서 방 한 칸을 내주어 얼마 전부터 함께 지낸다고 했다. 박준명을 올려다본 쓸놈은 언제 그랬나는 듯 부러진 날개를 접고 반가운 얼굴을 해 보였다. 금세 환해진 쓸놈은 박준명을 밖에 세워 둔 채 슈퍼로 들어와 소주 두 병을 외상 달았다. 소주 두 병을 작업복 상의 주머니 양쪽에 각각 찔러 넣은 쓸놈은 박준명과 함께 상이군인 아저씨가 앞서갔던 길을 따라 명랑하게 걸었다. 그날 밤 나는 사 오라는 미원 대신 맛소금을 사 갔다가 엄마한테 등짝을 얻어맞았다. 이래저래 쉽게 잠들지 못하는 밤이었다.

나는 지옥 같은 고등학교 생활을 겨우 견디고 서울 소재의 한 미술 대학에 입학했다. 서양화 전공을 하고 싶었지만 도저히 화가로 남을 자신이 없어서 미술 평론을 선택했다. 낯선 서울에서 자취 생활을 하며 학업과 과외를 겸하느라 정신이 없었다. 한 학기를 마치고 겨우 짬을 내 집에 내려왔을 때 광주는 화마가 쓸고 간 이후처럼 도시 전체가 초상집 분위기였다. 아버지는 아침 밥상머리에서 긴 한숨을 내쉬었다. 한 달 전 발생한 군사정권의 무차별 학살, 이름하여 광주사태의 여파였다. 서울에서는 단순히 파출소 무기고를 강탈한 무장 폭도들이 도시를 활보하다가 군인들에 의해 진압되었다는 짧은 뉴스가 전부였다. 아버지는 입맛이 없는지 숭늉 뒤 모금을 마신 채 넥타이도 매지 않고 출근했다.

나는 미술 책 몇 권을 구입하러 나라서적에 들렀다가 너무도 조용한 시내 풍경에 섬뜩함을 느꼈다. 숨죽인 긴장과 공포를 안은 사람들의 일상이 곡뒤를 서늘케 했다. 불과 한 달 전 수많은 사람들의 군인들에 의한 주검을 목도한 눈빛은 침묵 속에 묘한 광채를 빛내고 있었다. 맹수의 사냥을 경험한 초식 동물의 팽팽한 긴장이 한여름 땡볕처럼 무서웠다. 겉으로 보기엔 너무도 평온한 한낮이었지만 상대적으로 너무도 불안한 한낮의 어디쯤 서 있는 나는 그 낯선 이질감을 받아들이기 어려웠다. 사람들은 저마다 평온하고 분주했지만 단체로 실어증이라도 걸린 듯 좀처럼 입을 열지 않았다. 어디선가 낯선 시선이 지켜보고 있지는 않을까, 말이 새어나가는 것을 극도로 살피는 눈치였다.

말이 없기는 집안사람들도 마찬가지였다. 집에 내려온 지 며칠이 지났는데도 내가 들을 수 있는 얘기는 고작 "쓸 만한 놈들은 다 죽거나 감옥소에 들어가고 없다"는 아버지의 탄식 섞인 짧은 한마디가 전부였다. 아버지는 여전히 식전 빗자루질을 했지만 파트너가 없는 쓸쓸함으로 어깨가 처진 채 무거운 빗자루를 끌고 들어왔다. 나는 아버지의 심란한 태도로 미루어 쓸놈이 죽었거나 감옥소에 들어갔다고 짐작했다. 쓸놈이 보이지 않는 동네도 왠지 휑뎅그렁했다. 쓸놈이 사라지면서 생기마저 사라져 버린 모양이었다.

아직 방학은 남았지만 과외를 하던 학생을 마냥 쉬게 할 수 없던 나는 다시 서울로 올라가야 했다. 서울로 올라가기 전날 밤 나는 어머니와 안방에서 잤다. 아버지는 목포시청으로 행정 지원을 나간 상태였다. 그날 밤 나는 이불 속에서 미자를 만나지 못하고 가는 것에 대한 아쉬움을 토로했다. 뒤 달 전 어렵게 통화가 된 미자는 야학도 잘 다니고 있고, 윤기철 오빠에게 편지 쓰는 재미로 살고 있다며 방학 때 집에 내려오면 광주공원 포장마차에서 닭똥집에 소주를 마시자며 제법 어른 티를 냈었다. 하지만 막상 내려와 보니 전화도 안 되고 집은 언제부터 비었는지 인적이 없었다. 내 얘기를 듣고 난 어머니는 깊은 한숨을 내쉬었다. 미자가 시위 도중 군인들에게 끌려가 행적이 묘연하다고 했다. 그 후 경찰들이 미자의 집을 수차례 찾아와 뒤짐을 했고 가족 모두 어딘가로 이사를 가 버린 상태라고 했다.

미자의 얘기 끝에 쓸놈의 소식도 딸려 나왔다. 쓸놈과 강학 몇 명이 시민군으로 활동하다 항쟁지도부가 되었고, 군인들과 끝까지 맞서 싸우던 윤기철과 박준명은 도청 안에서 총에 맞아 죽고, 쓸놈은 생포되어 고문받던 중 상무대 영창에서 자살을 기도했다고 했다. 경찰들은 시민아파트의 쓸놈 집과 윤기철이 세 들어 살던 집 그리고 들불야학당 도서실로 쓰던 집을 수차례 뒤져 서적 몇 권을 불온서적으로 몰아 각기 간첩 누명을 씌웠다고 했다. 그저 평범한 사람들이었던 그들이 왜 행방불명 되고 죽어야 했는지 그리고 간첩으로 몰려야 했는지 도무지 이해할 수 없었다. 미자는 그저 좋아하던 오빠를 따라 시위에 동참했을 뿐이고, 쓸놈과 강학들은 평소처럼 그들의 신념을 실천했을 뿐이지만 상황은 처참한 지경이었다. 나는 매우 혼란스러웠다. 그동안 기준으로 삼았던 나침반이 제멋대로 돌아가는 느낌이었다.

서울 생활 2년이 되면서 나는 심신이 지쳐 몸무게가 10kg이나 빠졌다. 쉽게 생각했던 미술평론은 좀처럼 필력에 날이 서지 않았다. 마음만 조급한 채로 건강까지 무너져 내리자 나는 고향 생각이 간절했다. 나는 인공호흡이라도 받을 요량으로 2학년 겨울 방학에 집을 찾았다. 어머니가 해 주는 따뜻한 밥을 먹으면서 돼지처럼 겨울을 날 작정이었다.

며칠 눈보라가 몰아치고 갑자기 봄날처럼 따뜻한 햇볕이 내리쬐는 어느 날 나는 모처럼 시내 나들이에 나섰다. 광주극장에서 영화를 보고 왕자관에 가서 짬뽕을 먹었으며 궁전제과에 들러 빵을 샀다. 그동안 잊고 있던 입맛과 함께 기운도 살아나는 느낌이었다. 다음에는 청원모밀 집에서 국물 맛이 좋은 온면을 먹어야겠다 생각하며 집으로 돌아오고 있을 때 나는 한 장면에 시선을 빼앗겼다.

노인처럼 보이는 늙수그레한 남자가 시민아파트 앞에서 휠체어를 탄 채 해바라기를 하고 있었다. 이빨이 듬성듬성 빠진 채로 해맑게 웃는 모습이 꼭 어린아이와도 같았다. 휠체어의 옆에는 예닐곱쯤 먹어 보이는 사내아이가 쭈그려 앉은 채로 동화책을 읽고 있었다. 겉표지를 보니 조지 오웰이 쓴 『동물농장』이었다. 책을 읽고 있는 아이가 기

특해 얼굴을 들여다보니 광명이었다. 광명이는 쓸놈의 첫째 아들이었다. 휠체어에 앉은 사람은 몸이 많이 상했지만 쓸놈이 분명했다. 나는 아무런 말도 할 수가 없어 그만 광명이의 옆에 가만히 무릎을 굽혀 앉았다. 아직도 행방불명 상태인 미자의 얼굴과 막걸리와 두부를 사 들고 쓸놈의 집으로 향하던 강학들의 모습이 떠올라 가슴이 아렸다. 나는 빵 봉지를 열어 쓸놈과 광명이에게 크로켓 하나씩을 쥐어 줬다. 교도소에 수감 중이던 시민군 중 일부가 크리스마스 특사로 석방되었다는 뉴스를 며칠 전 들었던 기억이 떠올랐다. 쓸놈도 특사로 나온 모양이었다. 쓸놈과 광명이는 똑같이 어린아이와 같은 얼굴로 크로켓을 게걸스럽게 먹었다. 정신이 온전해 보이지 않는 쓸놈은 연신 함박웃음을 지어 보이며 오른쪽 검지를 치켜올렸다. 야학 입학식 날 주민 대표로 멋진 축사를 하던 쓸놈은 온데간데없고 제 몸뚱이 건사하기도 힘든 반편이의 모습이었다.

"광명아! 해 넘어갈 때 되얐는디 먼 해찰허고 자빠졌냐, 아부지 델 꼬 언능 집으로 들어가야제. 참말로 저 웬수덜얼 어째야 쓰꺼나이. 서방놈언 공동첸가 뭔가 맹근다고 내동 헛지랄만 해쌌등만 인자 빙신이 되야갔고 병수발까장 떠맡기고, 아덜놈언 도통 바웃덩이 맨치로 꿈쩍 안코 글자만 파고 자빠졌으니 참말로 복장터져 나가 제명에 못 살겄 네."

길 건너 '광명이네' 간판 아래서 한 손에 무를 든 쓸놈의 아내가 목청을 돋우고 있었다. 얼마 전부터 쓸놈의 아내는 생계를 위해 채소 가게를 차려 놓고 있었다. 그러거나 말거나 쓸놈은 허허로운 이빨 사이로 배시시 웃음을 베어 문 채 하늘을 올려다봤다. 광명이는 제 몸보다 버거운 휠체어를 끌고 시민아파트로 발걸음을 떼었다. 어느새 해는 기울고 검은 바람이 일어나고 있었다.

"기철이도 준명이도 안 죽었어. 잠시 잠들었다, 그렇게 말씀하셨당께."

알 수 없는 말을 흘리는 쓸놈의 뒤로 그렇게 하루가 또 한 해가 기울고 있었다. 나는 쉽게 발을 떼지 못한 채 내내 묶여 있었다. 왁자하던 그날의 활기는 사라지고 쓸쓸한 고적만이 휘도는 겨울 오후 어디쯤 그들의 꿈도 그렇게 잦아들고 있었다.

* 이 소설은 『못 다 이룬 공동체의 꿈』 일부를 참조하였으며, 등장인물들의 내용은 사실과 다를 수 있습니다.
* 소설 속 판소리 사설은 김지하의 「오적(五賊)」 일부를 인용하였습니다.

광장

오월 그 어느 날, 싱그러운 봄 햇살이 미소 짓듯 전남도청 앞 광장을 비추었다. 격렬한 시위와 함성이 휘몰아쳤던 광장은 언제 그랬냐는 듯 너무도 평온했다. 조금 전까지 전쟁터를 방불했다는 사실이 도저히 믿기지 않을 정도였다. 일순간 군인들이 빠져나간 광장에는 패잔병 같은 시민들만 남아서 잔뜩 웅크렸던 긴장을 봄날 햇살 아래 털어 날리고 있었다.

"여러분! 요리 쪼까 모태 봅시다. 이 너른 광장이 다 우리 차지가 되얐응께 뭣이라도 조까 해 봐야 안 쓰것소."

한 아가씨가 가두방송용 마이크를 잡고 사람들을 그러모았다. 가무잡잡하게 그을린 낯빛과 자그마한 키, 질끈 묶은 머리카락이 잘 익은 능금을 닮았다.

"그나저나 날마동 욕덜 보시요. 군인덜이 광주로 쏟아지고 볼쎄 매칠째 요 고상인지 모르겄소. 무담시 전두환이가 계엄령인가 개구녕인가 발동해가꼬 요 난리굿얼 맹그요. 국민덜 성가시게 해가꼬 뭔 영화를 보겠다고 요라고 억지럴 부려싼가 당최 속얼 모르겠소. 상황이 상황인지라 차편도 다덜 죽어블고 뭐 타고 댕길 것이 마땅찮아서 천상 걸어서들 오셨겠구만이라. 아까막까장 군바리덜이 체루탄얼 쏘고 곤봉얼 휘두르고 아조 칼춤을 추등만 인자 쪼까 한갓지요. 자우당간 칼잽이덜이 설쳐가꼬 존 일은 없을 것인디 나라가 어치코 돌아갈란가 앞날이 깝깝시럽소. 우리가 데모럴 허는 것도 중허지만 항꾼에 모여가꼬 시국얼 논해 보는 것도 존일이다 생각이 드요. 긍께 말인즉슨 지금 이 시간부로 마이크럴 빌려드릴랑께 누구든지 나게서 한 말씀썩 허시라 그 말이요. 꼭 진지헌 야그만 헐 것이 아니라 뒷집 누렁이가 새끼를 낳는디 젖이 하나 모질래드라 그런 재미진 야그도 험스로 한판 놀아 보자 이 말이요. 내 말에 동의허시믄 모다 박수 한번 크게 쳐 봅시다."

"그려, 재미지게 놀아 보더라고. 누집 가시낸가 참말로 인물이시. 낯바닥만 쪼까 잘났으믄 딱 좋았을 꺼인디."

시민들 사이에서 박수와 화답이 이어졌다. 저만치 발길을 내딛던 사람들도 다시 모여들고, 선 채로 우두망찰하던 사람들도 저마다 자리를 잡고 앉았다.

"얼씨구 지화자 좋아브요. 요런날 풍악이 빠지믄 섭허지라이. 날마동 시위 현장에서 흥을 돋우니라고 애덜 쓰시는 쩌그 저 냥반덜, 사물놀이패 모셔다가 한번 걸쭉하니 놀아 봅시다. 언능 퍼뜩 나오씨요. 여그 앉것는 시민덜 궁둥이가 들썩들썩 귓구녕이 벌렁벌렁 흐벅지게 뚜들게브시요."

꽹과리·징·장구·북을 앞세운 사물놀이패가 때댕—땡—댕— 때—댕—

땡– 장단을 후려치기 시작하자 단박에 흥이 돋았다. 사물놀이패는 대학 동아리 학생들로 시위 현장마다 쫓아다니며 흥을 돋우고 있었다. 사람들이 일어서 어깨춤을 추고 장단에 맞춰 박수를 쳤다.

"아따 참말로 굉장허요이. 요라고 재미지게 시위를 해 대믄 군인덜도 흥이 나서 총이고 곤봉이고 죄다 띵게블고 함꾼에 어우러져블것소. 따지고 보믄 시위가 놀이고 또 놀이가 시위 아니겄소. 그나저나 쨍매기 구멍 안 났는가 모르겄소. 그라고 씨게 뚜딜게블믄 베를린 장벽이고 삼팔선이고 모다 자빠져블것소."

도청 앞 광장이 한순간 신명의 도가니로 달아올랐다. 바람 불고 천둥 치고 파도치고, 그 안에서 시민들은 얼싸덜싸 소쿠리의 콩처럼 뒤섞였다.

"뭔 말이라도 좋은께 누가 나와서 요 흥얼 조까 받차 줄 사람 없겄소? 우리가 총칼로는 군인덜을 못 해봐도 입으로는 조사 블쑤가 있응께 누구든지 나와서 씨언허니 한번 찌끄러 브쇼. 옳체 거그 손 든 아가씨 언능 나오씨요."

150센티가 될까 말까 작은 키에 머리를 양 갈래로 땋아 묶은 스물한두 살가량의 아가씨가 걸어 나왔다. 수줍음도 없이 무척 명랑해 보이는 아가씨는 전라도 촌년 소리 좀 들어 본 듯 거침없이 당당했다.

"안녕들 하신게라? 나는 삼양 시내버스 안내양이어요. 버스 타고 내림서 나럴 한 번이나 본 분덜도 계시겠지요. 자우당간 누가 좋다고 쫓아오까 무성께 이름허고 고향은 생략허께요. 군인들이 모다 점심 자시로 나겠는가 한가해블그만요. 나가 어끄저께 그이들 밥 잡숩는 꼴얼 봐브러가꼬 한마디 헐라고 나와브렀어요. 요런 말 해도 될랑가 모르겄는디 참말로 퍼 잡습는 꼴이 허천나더랑께요. 그날따라 뭣이 그라고 될라고 그랬등가 백운동로타리로 버스가 지나가는디 데모를 허니라고 꽉 맥해브렀어요. 보다 봉께 대학생덜이 겁나게 밀려브러요. 뭔 대학생덜이 그라고 달리기를 못허까 깝깝시럽등만요. 다리에 히말테기라고는 하나도 없어브러가꼬 꼬마리서 잽힌 학생덜언 겁나게 쥐터져블고 짠해 죽겄드랑께요. 애가 터져서 기사님허고 항꾼에 대학생덜 편에 서브렀지라. 나도 클 때 돌팔매질언 조까 했어나서 막 주서 떤져브렀어요. 한참 떤지다 봉께 군인덜이 또 우- 허니 쫓아와브러요. 그래서 나도 뛰었는디 양쪽 개비에서 토큰한차 동전 나부래기덜이 와르르 쏟아져브러가꼬, 나가 그래도 명색이 버스 안내양인디 그것덜얼 내삐리고 갈 수도 없고, 고것덜을 주서 담다 군인덜이 나럴 주서 담아 브렀당께요. 대학생덜한차 모다 트럭에 실려가꼬 조선대학교로 끌려가브렀어요. 가서 봉께 군용 텐트가 열댓 개 쳐졌고, 운동장 바닥을 파서 무쇠솥얼 또 여러 개 걸어 났더라고요. 아매 군인덜이 거그서 집단 숙식얼 허는 모냥이어요. 한창 밥얼 허는지 무쇠솥에서 냉갈이 피어오르더랑께요. 카만히 봉께 지름을 때서 밥얼 해요. 나 살다 살다 지름 때서 밥얼 허는 짓거리는 첨으로 봐브렀당께요. 지름내가 나서 그것얼 묵을수나 있으까 싶드랑께요. 밥도 밥이지만은 우리덜얼 운동장에 세워 놓고 깨럴 홀딱 벳게브러요. 마구잽이로 쥐어 패고 곤봉으로 후려치는디 옷얼 안 벗고 배길 수 있간디요. 남자덜언 팬티만, 여자덜언 팬티허고 브래지어만 냉게 놓고요. 긍께 딱 거시기 개릴디만 개리고 섰응께 참말로 거시기 허드랑께요. 모다 눈은 뜨고 있응께 안 다 봐브렀겄냐 그 말이어요. 좌우로 열얼 맞차 세우등만, 좌로 굴러 우로 굴러 쪼그려 뛰어, 지랄 몸살얼 시키등만요. 몸띵이가 땀조차 흙조차 범벅이 되브러가꼬 똑 콩가리 둘러쓴 쑥떡맹키로 되브렀당께요. 그라고 한참얼 굴리등만 축구 꼴때까장 달음박질얼 시켜서 선착순으로 한 놈썩 풀어 줘요. 근디 군인덜이 밥얼 처묵음서 지들끼리 킥킥대고 겁나게 웃어브러요. 그놈덜이 뭣얼 보고 그리 웃었겄어요? 보나 마나 보고 잪은데 허천나게 봐브렀겄지요. 참말로 내 볼 것언 없지만 남부끄라서 열이 안 뻗쳤겄냐 그 말이어요."

삼양 시내버스 안내양은 입에 거품을 물었지만 정작 듣는 시민들은 웃음을 참아 내느라 고개를 처박았다. 약간 더듬거리는 말투와 헐거운 바지를 자꾸 추켜올리는 모습이 꼭 순박한 섬머시매를 닮아 있었다. 말을 다 끝내고 자리로 돌아가는 삼양 시내버스 안내양을 향해 폭포수 같은 박수가 쏟아졌다.

"삼양 시내버스 안내양 참말로 군인덜 위문 공연 한번 지대로 해브렀소이. 군인덜이 밥 묵다말고 아랫도리가 후덜덜 했것소야. 어짠지 군인덜이 어제오늘 심얼 못 쓴다 했드니 그날 코피깨나 쏟았등갑소. 그라고 존 귀경을 했는디 코피가 안 터지고 배겨 나겄소. 헌짐에 아조 빤쓰 쪼까 내려서 쌍코피럴 터쳐블제 그랬소? 그랬으믄 오늘 아조 포리채로 날포리 잡듯이 작신 뽏아브렀을 것이다. 그나저나 삼양 시내버스 안내양 입심 한번 솔찬허요. 안내양 헐라믄 저 정도는 해야제 진짜배기 안내양 아니겄소. 덕분에 귀 호강 한번 겁나게 해브렀소. 자 또 누구 짖어블 사람 없소?"

중절모를 쓰고 두루마기를 걸친 할아버지가 손에 든 지팡이를 번쩍 치켜들었다. 한쪽 다리가 불편한지 걸음걸이가 기우뚱기우뚱 위태

했다. 그래도 강단은 있어 보여서 고집스러운 뒤태가 대밭에서 불어오는 바람처럼 서늘했다.

"나 서석동 사는 박가라고 허요. 나 살다 살다 칠십 평상에 요런 난리굿은 첨이요. 나가 일제 끄트러미에서 육이오까장 겪었는디 요라고 경우 없는 짓거리는 안직 못 당해 봤다 그 말이요. 모다 사람덜 대그빡 깨지고 삭신 부러지는 것 보겠소? 참말로 손지덜 볼까미 가심이 벌렁벌렁허요. 그란디 군인덜이 왜 광주서 요 짓거리다요? 아, 사람덜 물고 낼라믄 이북으로 쳐들어갈 것이제 매겁시 왜 우리 광주시민덜얼 요라고 해코지 허는지 당최 몰겠다 그 말이요. 나가 나이만 쪼께 젊었어도 저놈덜얼 작신 볿어서 거름자리에 처박아브렀을 것이요. 나가 요래봬도 소싯적에 나락 가마니 세 개썩을 짊어지던 사람이요. 맴 같아서는 덕석에 똘똘 말아서 장작으로 매타작얼 해브렀으믄 속이 씨언허것소만……. 긍께, 매칠 되았소. 약방에서 가리약 한 봉다리럴 사가꼬 수창국민핵교 앞얼 지내는디 군인덜이 대학상덜얼 담베락에 꿇차 놓고 발길질얼 해 댑디다. 젊은 사람덜얼 그라고 걷어차믄 이담에 틀림없이 골병들어 밤일언커녕 밥벌이도 못 허요. 나가 나이는 묵었어도 냅두고 볼 수가 없어서, '여보쇼, 군인 양반덜! 죄 없는 대학상덜얼 뭣 헌다고 요라고 콩타작 허데끼 도리깨질얼 해 대는 것이요? 이 사람덜 맞아서 사람 구실 못허믄 이녁덜이 책임질라고 그라요?' 따지고 들었소. 그란디 나럴 허깨비로 보는가 간짓대로 보는가 상대도 안 허고 또 작신 볿아 댑디다. 한창 빼랑 살이랑 연헐 나이에 그라고 맞아블믄 몸땡이가 뭣이 되것소. '이 무지락시런 놈덜아 군인이믄 명령을 받고 요랄 것인디 누구 명령얼 받고 요라는 것이냐? 그놈 이름자 좀 대 봐라.' 악얼 써 댔지라. 그란디 한 놈이 박바가지 쪼개듯이 슬금슬금 쪼 갬스로 내 지팽이럴 뺏아 들등만 '너덜 빨갱이 대장 김대중이가 시켰 다 어쩔래?' 험스로 나럴 지팽이로 마구 후려치는 것이 아니것소. 나 살다 살다 시퍼렇게 젊은놈한티 회초리질까장 당허고 본께 세상 살맛 도 없고 입맛도 없고 잇넘이 부어가꼬 틀니도 빠져나는 참이요. 요놈 덜얼 당최 어치케 요절얼 내야 내 속이 개안헐꺼나 분통이 터져서 요 라고 날마동 쫓아댕기요. 그날 맞아갖고 한쪽이 요라고 다리빙신까장 되고 본께 서럽고 궁상시럽기가 이루 말로 헐 수가 없소. 누가 조까 내 한 좀 풀어 줄 사람 없소?"

노인은 분이 가라앉지 않는지 거친 숨소리로 씩씩거렸다. 열기 가 득하던 도청 앞 광장이 갑자기 서리라도 맞은 듯 조용했다. 여기저기 한숨이 새어 나오고 또 누군가는 군인들을 향한 욕지거리를 뱉어 냈 다. 비틀거리는 노인의 걸음걸이처럼 광장도 그렇게 휘청거렸다.

"아따, 참말로 어떤 싹뚝머리 없는 군바리 놈이 우리 아버님 회초 리질얼 했으까라이. 우리 아버님 젊었을 때 맨났더라믄 빼도 못 추렸 을 것인디 그놈은 참말로 운 좋아브요. 나락 가마니 세 개 들 심으로 다가 번쩍 떼메서 내쳐브렀으믄 그놈은 피똥 싼 채로 관 속에 처백혀 서 고향 선산으로 직행했을 것이요. 그나저나 우리 아버님이 칠순 나 이에 시퍼런 군인들헌티 호통얼 치셨다는디 안 대단허시요? 우리 아 버님 그 결기로다가 백세까장 사시라고 모다 박수 한번 크게 치십시 다."

자리로 돌아가던 노인이 중절모를 벗어 허리를 굽혔다. 그나마 굽 었던 허리가 좀 펴지는 모습이었다. 저 뒤쪽에서 아주머니 네댓 명이

다라이에 뭔가를 이고 와서 시민들에게 나눠 주고 있었다. 시민들 손에서 손으로 뭔가가 전달되었다.

"와따, 이것이 뭔 일이까라. 시방 나눠지고 있는 것이 대체 뭣이요? 누가 보이게끔 손 조까 들어 보시요. 오메, 그것이 주먹밥 아닌게라. 뭔 주먹밥이 아덜 대그빡만치나 크다요. 참말로 허벌나게 크그만이라이. 근디 어디서들 오신 아짐씨들이요? 예? 남광주시장 상인회라고라…… 워따 남광주시장 물건값만 후헌지 알았등만 인심도 후해브요이. 거그 젊은 총각덜 주먹밥 좀 더러 노나 드리고 거그 상인회 아짐씨 한 분 욜로 나와 보씨요. 우리가 공으로 묵으믄 언칭께 마이크 한번 맽게 드래야 꿀떡 넘어가블지 안겄소. 퍼뜩 나오시요, 여그 마이크 잡을 사람 서울까장 줄 서브렀소."

머리에 수건을 두르고 고무줄 바지를 입은 아주머니 한 사람이 떡판만 한 궁둥이를 흔들며 걸어 나왔다. 얼굴에 송골송골 맺힌 땀이 목을 타고 흘렀다. 급히 때를 맞춰 온 모습이 역력했다. 시계탑의 시침과 초침이 정오를 넘어선 지 한참이었다.

"모다 안녕들 허시요? 나는 쩌그 거 엎어지믄 코 깨질데 남광주시장 상인회 총무요. 그나따나 다덜 요라고 날한차 뜨거운디 욕덜 보시요. 어떤 시러베 아덜놈이 법 없이도 살 땅에 요라고 군인덜얼 내리보내가꼬 생지옥얼 맹그는지 다 아요만언 내 입 더러와지까미 차마 욕언 못허겄소. 나가 생선 장시만 십수 년쩬디 낙자 대가리럴 볼 때마다 그놈 생각이 나서 낙자럴 안 폴아블까 어쩌까 생각중이요. 맴 같아서는 도마 욱에다 놓고 칵칵 쪼사서 참지름 한차 계란 노린자 풀고 후루루 마셔브렀으믄 속이 개안허겄소만 생각헐수록 속만 답답허요. 부애가 치밀어서 한마디 더 보태자믄 홍애 거시기만도 못헌 놈이 기껏 헌다는 짓거리가 힘없는 사람덜 잡아 족치는 것이라믄 보나 마나 지 거시기도 홍어 거시기보다 물짤 것이요. 참말로 식칼로 싹뚝 썰어서 개나 물어 가라 줘브렀으믄 씨언허것소. 그나저나 부리나케 맹글어가꼬 온다고 나섰는디 볼쎄 시간이 정때를 한참 넘게브렀소. 입맛에 맞을랑가 몰겄소만 그냥저냥 꿀찍헌께 한나썩 들고 자시씨요. 상인회 회장님이랑 아자씨들도 오신다고 했는디…… 잉 쩌그 오싱마요. 음료수 궤짝얼 얼매나 실었는가 짐바리가 땅에 붙어가꼬 나가덜 안 허요."

"여러분! 주먹밥 자실 만허요? 맛도 맛이겄제만은 남광주시장 상인회 마음씨가 차곡차곡 포개져가꼬 참말로 살로 가겄소. 남광주시장 음료수는 다 실코 와브렀는가 아조 허천나요. 난리통에 인심 나기가 좀체 어려운 뱁인디 참말로 감동이 따로 없소. 남광주시장 상인분덜 모다 복받으시요이~. 자 또 이어 가 봅시다. 누구던지 앞으로 나오시요. 오늘 요놈 마이크는 달란 사람한테 그냥 막 드려브요. 지조고 정절이고 안 따지고 막 드려붕께 언능 잡은 쪽이 임자요."

남광주시장 총무 아주머니가 빈 다라이를 이고 바쁜 듯 걸음을 재촉했다. 빈 다라이 가득 햇빛을 담아 돌아가는 상인회 아주머니들은 하늘을 인 듯 가물가물 아지랑이 속으로 사라져 갔다. 중년의 아저씨 한 사람이 뒷머리를 쓸어내리며 천천히 걸어 나왔다. 회색 잠바에 밤색 구두를 신었지만 어딘지 모르게 촌스럽고 순박한 모습이었다.

"나, 그 뭣이냐 구례 토지 사람이요. 다름이 아니라 송구스럽지만 우리 아덜 좀 찾으러 나왔어라. 잔칫날 찬물 찌끄는 소리 같아서 영 낯이 부끄럽소만언 나 사정 좀 봐주시믄 감사허것소. 그런 의미로다가 나가 큰절 한 번 올리고 말씀 올릴랍니다."

아저씨가 땅바닥에 무릎을 꿇고 시민들을 향해 정중히 큰절을 올렸다. 시민들 중에는 머리를 숙여 답절을 하는 사람도 있고 박수로 화답을 하는 사람도 있었다. 구례 토지에서 묻어온 철쭉 향이 아저씨의 큰절을 따라 은은하게 번지는 듯했다.

"누추헌 가정사럴 조까 들추자믄, 아들놈 세 살 때 내자 되는 사람이 지리산에 나물 뜯으러 갔다가 독사한티 물리갖고 죽은지도 모르고 이틀만에 찾아왔구만이라. 나도 상심이 컸지만은 아들놈은 한창 애미 손이 필요헐 땐디 감당이 안 됩디다. 어짤 수 없이 화엄사에서 공양주 노릇 허시는 어머니럴 불러들였지라. 우리 어머니가 날마동 그놈얼 밤에 품고 잠스로 모른 젖얼 몬치게 해서 키워 냈지라. 손까장 귀헌 집안이라 어머니가 손바닥 욱에 놓고 호호 불어 감서 키웠다믄 알아들 자실 것이요. 나도 그런 모냥을 본께로 행여 재취 들일 생각은 꿈에도 못 허고 아들놈 꽁무니만 보고 살았지라. 그럭저럭 공부는 좀 했던 모양인지 다행히 광주로 대학얼 간답디다. 농대럴 가가꼬 지리산 자락에서 농새짓고 살자고 했등만, 지는 시인이 되고 잪다고 국문과럴 간다고 고집얼 부립디다. 시라는 것언 학처럼 고고헌 사람이나 짓는 것인 중 알았어나서 속으로 대견허다 싶었지라. 근디 입학허고 맻달 안 되야서 교수님헌티 기별이 왔는디 아들놈이 불량 써클에 가입해서 수사기관의 요시찰 인물이 되았다고 헙디다. 그라고 또 얼매 안 되야서 아들놈이 갑재기 토지 집으로 내리왔는디 구례경찰서에서 아들놈허고 항꾼에 나오라고 부릅디다. 아들놈 앞세우고 찾아갔등만 아들놈이 불순 세력 강성 문제 학생으로 선별되야서 일주일간 가정 학습 조치가 내려졌응께 집이서 잘 지도허라고 헙디다. 요것이 뭔 말이당가, 반언 알아듣고 반언 못 알아듣겄습니다. 집으로 돌아오는 디 다리에 심이 폴리고 안 좋은 생각이 듬서 집사람 얼굴이 차코 떠오릅디다. 마침 문수국민학교에서 쉬어 갈 참으로다가 아들놈허고 살구나무 아래 앉았지라. 비 온 뒤끝이라 누렇게 익은 살구가 땅바닥에 떨어졌는디 참말로 알록달록 꽃밭이 따로 없습디다. 나도 그 살구럴 주서 묵고 핵교를 다녔응께 아매 백 년언 넘어 그자리에 있었을 것이그만이라. 맘얼 쪼까 열어 볼라고 안 떨어진 입얼 달싹거렸지라. 배운 것이 없응께 돌려서 말언 못 허고 보고 들은 것얼 되새김질허는 수백이 없었지라. 육이오 때 앞이서 나섰던 사람들은 다덜 빨치산 꼬리표럴 달고 지리산 골짝골짝 백골인 채로 묻혀 있다고, 니 하나씨도 그래서 빼따구 없는 빈 묘똥이 아니드냐고, 조용허니 이 산모냥 바람모냥 그냥 살아가믄 어짜겄냐고 타일렀지라. 아들놈은 천왕봉 몬뎅이만 한 사코 쳐다보제 벨말이 없습디다. 근디 그 고집스런 뒤통수가 꼭 돌아가신 아버지를 탁했습디다. 나가 말려서 될 일이 아니구나, 생각이 듭디다. 고집도 내력인께라. 누런 살구가 참말로 바닥에 지천인디 점드락 그라고 말없이 앉아 있었지라. 광주가 어수선허다는 소리럴 듣고 하숙집에 연통얼 넣어 본께 매칠째 들어오덜 안 했답디다. 그래서 요놈이 기어코 또 나서는갑다 생각했지라. 근디 해필 어머니가 숨이 깔딱깔딱 오늘내일헌단 말입니다. 죽기 전에 손지 얼굴 한 번 보고 죽었으믄 원이 없겄다고 깔딱숨얼 쉼스로 목얼 매는디 자식된 도리로 안 찾아 나설 수가 있어야제라. 이틀째 요라고 찾아댕기는디, 어디로 잽혀가브렀는가 아니믄 사람덜 틈에 쓸려 댕기는가 통 소식얼 모르겄구만이라. 핵교로 찾아가도 군인덜이 진얼 치고 있어서 발도 못 들이고 돌아섰지라. 아덜놈 이름을 읊어도 될랑가 모르겄소만, 지만석이고 전남대학교 이 년째 댕기는구만요. 요라고 고상덜 허시는디 심 빠지는 소릴랑가 모르겄지만 우리 자석놈 어딨는지 끈 닿는 학상덜 있으믄 연통 좀 취해 주쇼. 우리 어머니 땅속으로 들어가시기 전에 소원 조까 들어드리고 가시게끔 나서주시믄 감사허겄구만요. 모다 나라 걱정으로 나온 냥반덜 앞서서 내 새끼 찾아가겄다고 진말 허고 본께 낯도 안 서고 송구스럽기가 이만저만이 아니구만이라."

"여러분, 잘 들으셨소? 지만석이라고 전남대학교 이 학년 국문과랍니다. 아버님이 고향 구례 토지에서 찾아왔다고, 아니 모른 젖 내줌서 키워 준 할매가 시방 오늘내일헌다고, 퍼뜩 집이 댕겨가라고 꼭 연락 좀 취해 주시요이. 그라고 여그 형사덜 끄나풀덜이 있으믄 존만헐 때 귓구녕 닫으시요이. 설마허니 구례 토지에서 여까장 오셨는디 그 아덜 이름 적어가꼬 잡아가던 안허겄지요이. 그랬다가는 참말로 사람 아닌께 알아서들 처신허시요이. 우리가 입장언 달라도 금수는 되지 말아야 헐 것 아니겄소. 부탁 쪼까 헙시다이이."

대학생인 듯 보이는 젊은 청년 서넛이 말을 끝낸 지만석 아버지를 뒤따랐다. 지만석 아버지는 청년들의 말에 연신 고개를 주억거렸다. 어머니 돌아가시기 전에 아들을 찾아 돌아갈 수 있을지, 아니면 어딘가 잡혀 들어가 있어서 포기하고 돌아가야 할지, 아들과 어머니 사이에 선 그의 발걸음이 지리산 능선처럼 아슬아슬했다.

"자 또 누구 나와 보씨요. 이담에 늙어 죽을 때, 요라고 넓은 자리에서 요라고 깬 사람들 두고 한소리 했다 떠올리자믄 나도 한세상 살

앉능갑다 헐 것이요."

회색 벙거지에 멜빵 작업복을 입은 아저씨가 손을 번쩍 들었다. 모자와 작업복에는 여기저기 페인트가 묻어 있었다. 무엇을 덧칠하러 나오는 것인지 아니면 닦아 내러 나오는 것인지 절반쯤 감춰진 얼굴이 의미심장해 보였다.

"모다 안녕들 허시요? 집안 군석덜도 무탈허시제라? 요런 시국에 요롱게 멀쩡허게 두 다리로 나댕길 수 있다는 것도 천만다행이요. 나는 광주극장 간판장이어라. 하도 요상시런 모냥얼 봤어나서 그냥은 못 있겄어서 요라고 나왔소. 어제아래 긍께 십팔 일이그만이라. 나가 사닥다리럴 놓고 간판에다 뺑기칠얼 허고 있는디 시위대덜이 도망치고 군인덜이 또 그 뒤럴 쫓아감시로 난리굿얼 헙디다. 나는 그 통에 사닥다리 걸려 넘어지께미 불알이 딱 오무라 붙어브렀지라. 그라고 끝나는가 싶었는디 청년 한 사람이 군인헌티 안 잽혀브렀겄소. 곤봉으로 어깨쭉지럴 탁— 내리칭께 푹 꼬꾸라져븝디다. 그라고 말았으믄 쓰꺼인디 대검얼 꺼내등만 허벅지럴 쑤셔브러라. 단박에 검붉은 피가 퍽 터져븝디다. 나가 겁이 덜컥 나서 하마트먼 사닥다리에서 미끄러져블 뻔 봤당께요. 청년이 다리럴 붙잡고 죽어라 비명얼 내지릅디다. 그라디 또 밧줄로 두 손얼 묶등만 트럭 뒤꽁무니에 밧줄 끄트머리럴 묶어라. 그라고 암시랑토 안케 출발해븝디다. 청년이 허벅다리에서 피럴 줄줄 흘림서 트럭얼 쫓아가다가 심에 부친께 그냥 질바닥에 씨러져 브렀지라. 근디 그냥 그 채로 청년얼 질질 끌어갑디다. 그 광경얼 보는디 참말로 피가 꺼꾸로 솟읍디다. 어찌 사람얼 트럭 뒤꽁무니에 묶어서 끌고 갈 수가 있답디여, 그것도 대검에 허벅다리가 찔린 사람얼 말이요. 나가 그 광경얼 보고도 집구석에 처백혀 있다믄 뭔 낯으로 하늘을 쳐다볼 것이요. 나도 그 청년맹키로 요라고 시위럴 허다가 대검에 찔려서 트럭 뒤꽁무니에 딸려 갈 수 있을랑가 모르겄지만 그래도 나오는 것이 옳은 일이다 싶어서 나왔지라. 광주시민덜이 다 대검에 찔려서 트럭에 딸려 갈 생각으로 모다 시위에 동참헌다믄 지놈덜이 뭔 배짱으로 그 짓거리럴 헐 것이요. 우덜 목숨언 귀허지만 모다 항꾼에 죽어블 각오로 싸와블믄 못 해 볼 것도 없을 것이요. 설마허니 그놈덜이 광주시민얼 전부 죽이기야 허겄소. 그런 의미로다가 나가 만세 삼창 한번 헐랍니다. 광주시민 만세! 민주주의 만세! 대한민국 만세!"

광주극장 간판장이 아저씨가 두 손을 높이 들어 만세 삼창을 외치자 시민들도 따라서 만세 삼창을 외쳤다. 광장 가득 만세 소리가 울려 퍼지고, 사람들 사이에서 태극기가 휘날렸다. 다시 광장은 시위 현장처럼 들끓어 올랐다.

"광주학생독립운동 때도 요라고 요 자리에서 만세럴 외쳤겄지라이. 광주시민은 생각허믄 헐수록 거지깔 하나도 안 보태고 참말로 횃불만이로 타오를 줄 아는 성미럴 지녔소. 불의를 보믄 불같이 일어나서 제 몸땡가리 태와서 그 불의를 꼬실라붕께 정의감이 대단허다 이 말이요. 오늘 이 자리를 기억허고 만세 삼창 했다는 사실을 자손만대로 자랑스럽게 여김서 살아갑시다이~. 자 또 누구 나와 보쇼."

교복을 입은 앳된 여고생이 걸어 나왔다. 모세가 홍해를 가르듯 양쪽으로 환한 빛이 퍼져 나갔다. 광장의 기적을 펼쳐 보인 여고생은 친구들을 향해 손을 흔들었다. 추억을 만들러 나온 모양이었다.

"전남여고 다닌디 친구들이 나갔다 오믄 찐빵 사 준다고 해서 그래서 나왔어요. 이왕 나왔응께 노래 한 자리 하고 가께요. 데모할 때 부르는 노래 그거 있잖에요. 아리랑, 예 진도 아리랑 개사헌 것이요. 다 아싱께 함께 불렀으믄 좋겄어요."

"오매-, 어치케나 이쁜지 꽃이 걸어 나온지 알았소. 춘향이도 울고 갈 꽃 같은 여고생이 진도 아리랑 개사곡얼 항꾼에 부르자고 허네요. 군인덜 오기 전에 연습헌다 생각고 소리 한번 맞차 봅시다."

"아리아리랑 쓰리쓰리랑 아라리가 났네~ 아리랑 으으응 아라리가 났네~ 광주 무등골에 계엄군이 웬말인가 최루탄 방망이에 눈물이 난다 아리아리랑 쓰리쓰리랑 아라리가 났네~ 아리랑 으으응 아라리가 났네~ 만경군중에 두둥둥 어깨동무 어기여차 어야디여라 함성을 질러라 아리아리랑 쓰리쓰리랑 아라리가 났네~ 아리랑 으으응 아라리가 났네~ 노다 가세 놀다가 가세 민주주의 벌떡 서도록 놀다 가세 아리아리랑 쓰리쓰리랑 아라리가 났네~ 아리랑 으으응 아라리가 났네~ 동지가 죽어서 하늘에 가면 이내 몸도 따라가지 뒤따라가지……"

시민들이 어깨동무로 파도를 일으켰다. 바다는 넘실거리고 은빛 고기 떼는 춤을 췄다. 수평선 너머 저 멀리 무지개를 따라 윤슬이 피어올랐다. 파도치는 바다 위에서 흥겨운 노랫소리 들리고 어기여차 어야디야 무지개를 좇아 돛단배 노 저어 갔다.

"참말로 걸판지요. 원래 판소리가 판을 벌이다 헐 때 그 판에서 유래됐다는 설이 있습디다. 긍께 우리 전라도 사람덜언 판만 깔아 주믄 제각금 알아서 놀아번진다 그 말이지라. 그래서 예향이고 판소리의 고장 아니것소. 그냥 흥만 있어서도 안 되고 요로코롬 한이 서려 있어야 진짜배기 곰삭은 소리겠지라. 진도 아리랑 민요 자락 한자리로 요라고 큰 판얼 맹글어븐디 참말로 판 벌어지믄 난리나겠소. 그 기분덜 언 알겠소만 기운 쪼까 애께 둡시다. 이따가 또 군인덜 상대해야 쓴께 요이. 자 또 가 봅시다. 누구던지 언능 나오시요."

청 잠바에 노란 치마를 입은 아가씨가 걸어 나왔다. 시위 현장에 치마를 입고 나오는 여자는 좀처럼 없다. 젊은 남성들 사이에서 휘파람 소리가 새어 나왔다. 나비 날아들자 꽃잎 휘날리고 봄날 술 익어 가듯 분위기는 농익어 갔다.

"내는 저 황금동 콜박스 '꽃방'에 있는 민들레라캅니다. 우리 가게 아가씨들은 제각구로 다 꽃 이름 한 개썩 달고 있다 아입니까. 내는 그냥 민들레맹쿠로 척박시럽게 살아 보자 그런 맴으로 민들레라 지었십니다. 내 쪽팔리기 싫어가 요래 나올까 말까 망설이다 안 나오게 됐십니까. 괜시리 뭐 술집 가스나가 나와가꼬 시떱은 소리 한다 그카바 참을라 켔는데 할 소리는 해야 안켔나 싶어가 욕지거리 얻어들을 각오하고 나왔십니다. 듣자 하이까네 경상도 군인덜이 전라도 사람들 때리죽이러 왔다 뭐 이캉 소문이 돌고 있어가 그기 무신 말인가 싶어가 없던 변비가 생깄다 아입니까. 어제는 경상도 번호판 붙었는 자가용을 시민들이 박살내 부리는 것을 봤십니다. 참말로 내 그거를 보믄서 씨껍했다 아입니까. 맞십니더, 전두환 씨가 경상도 사람인 거 인정합니더. 그란데 군인덜 전부가 경상도 사람덜은 아니지 안십니까. 내가 경상도 가시난데 와 전라도까지 왔는가 야그 좀 해 보까요? 앗싸리 말하자믄 전라도 머슴아들이 경상도 가시나덜 좋아해서 왔다아입니까. 또 경상도 머슴아들은 전라도 가시나덜 억수로 좋아합니더. 뭔 말인 중 알아요? 전라도에서는 경상도 가시나가 또 경상도에서는 전라도 가시나가 인기가 좋다 이 말입니더. 그래가 황금동 콜박스 아가씨덜 반타작은 경상도 출신입니더. 지금 요래 병원마다 피가 모질라 피 뽑으러 가는 아가씨들도 많고, 도망쳐 온 학생들 숨가 주는 아가씨들도 많고, 가게마다 모금도 하고 그란다 아입니까. 내도 방금 진내과에서 피 뽑고 나오는 중입니더. 내 피에 경상도 피라고 써져가 있습니꺼? 그건 아니지 안씁니꺼? 내는 여가 좋아서 전라도 머스마가 좋아서 여서 결혼도 하고 새끼도 놓고 살라고 맘묵고 있십니더. 그라이까네 경상도니 전라도니 그란 씹주구리 한 말로 편 가르지 말고 그냥 똑같은 대한민국 사람으로 보자 이 말입니더. 내 말이 틀립니꺼? 틀리다고 생각하는 사람 손 한번 들어 보이소. 아이고야~ 손 드는 아저씨 한 명 계시네. 아저씨는 마 이따 저녁 때 '꽃방'으로 오이소. 내 맥주 한 짝 살께예. 이상으로 민들레는 할 말 다했으니 물러갈랍니다. 좋은 시간들 되이소~"

"아따, 민들레 참말로 화끈해브요이. 경상도 민들레가 저라고 질기고 당찬 줄 오늘싸 알았소. 그나저나 전라도 아가씨가 경상도에서 인기라는디 나도 경상도에 가믄 쪼까 팔릴랑가 모르것소. 여직 사나놈덜이 한 번 따라온 적이 없어가꼬 그 좋다는 입 박치기 한 번 못 해 봤단 말이요. 요 상황이 끝나믄 경상도 차편이나 알아봐야 쓰것소. 나도 거 가서 결혼도 허고 새끼도 놓고…… 참말로 생각만 해도 오지요. 여러분! 민들레 말이 뭔 말인 중 잘 알아들었지라? 경상도니 전라도니 그런 씹주구리한 생각으로 편 가르지 말자 이 말인께 꼭 새겨들읍시다이~. 모다 민들레맹키로 큰맘 묵고 큰 똥 쌈시롱 삽시다. 그것이 바

로 여러분이 외치고 바라는 민주주잉께로요. 자, 또 나오씨요. 판 식
어블기 전에 언능 또 돌아야제라."

맨 앞자리에 앉았던 젊은 청년이 벌떡 일어섰다. 걸어 나오고 말고
할 것 없이 그냥 그 자리에서 마이크를 잡았다. 오래 기다려 온 모양
이었다.

"저는 모 대학교 학생회 임원입니다. 저는 지금 전두환의 사냥개
들에게 쫓기고 있습니다. 전두환을 위시한 신군부 세력은 지난 십팔
일 영시를 기점으로 전국비상계엄확대를 선포했고, 시국 인사와 학생
운동 중심 세력들에 대한 대대적인 검거 작전에 나섰습니다. 군사 독
재 정권의 수괴 박정희가 피살되고, 이제 대한민국에 진정한 민주화
가 꽃피려나 기대했던 국민들은 전두환을 비롯한 신군부의 정권 야욕
에 분개했고 거리로 뛰쳐나왔습니다. 지난 오월 일 일 서울대 총학생
회를 필두로 신군부의 정치 개입을 반대하는 투쟁운동이 개최되었고,
오월 십사 일에는 전국 이십칠 개 대학 칠만 명이 서울 중심가에서 가
두시위를 했으며, 오월 십오 일에는 서울역광장에서 무려 십만 명이
시위에 동참했습니다. 우리 광주 지역 칠 개 대학들도 오월 십사 일부
터 전두환 퇴진과 김대중 석방을 요구하며 민족민주화 횃불성회를 개
최했습니다. 그러자 전두환은 십칠 일부터 광주에 공수부대를 배치하
고 대학들을 점령했습니다. 그런 후 시위 학생들에 대한 무차별적인
폭력 행위를 이어 가고 있습니다. 지금 광주는 박정희에 이어 또다시
군사정권을 이어 가려는 전두환과 신군부 세력의 희생양이 되어 가고
있습니다. 모든 언론 통제 속에 광주는 고립된 채 폭도와 빨갱이 집단
으로 매도되고 있으며, 무력으로 진압해야 할 당위성을 만들어 피의

잔치를 펼칠 예정입니다. 광주시민 여러분! 광주시민은 대나무와 같아서 평상시에는 부드럽고 잘 휘어지지만, 불의 때는 죽창처럼 불굴의 의지를 불태우는 강인한 면모를 지니고 있습니다. 지금 우리는 전두환과 신군부의 군사독재 야욕에 맞서 죽창으로 맞서 싸워야 할 때입니다. 민주주의는 그냥 주어지는 것이 아니고 위험을 무릅쓰고 쟁취할 때 얻어지는 것입니다. 전두환과 신군부 세력에 맞서 민주주의를 쟁취하는 그날까지 광주시민이 대나무처럼 꼿꼿한 정신으로 함께할 수 있기를 염원합니다. 우리의 뜻과 행동은 정의로우니 분명히 역사에 한 줄기 의로움으로 기록될 줄 믿습니다."

"옳소. 옳소."

여기저기서 박수 소리와 함께 함성이 터져 나왔다. 청년이 밑불을 넣자 불길은 활활 타오르기 시작했다. 걷잡을 수 없는 불길은 민중의 이름으로 하늘 높이 솟아올랐다.

"대학생 오빠 참말로 말 잘해브요이~ 아조 몸에서 소름이 돋아블 정도요. 그나저나 인자 쪼까 불 좀 붙을랑가 싶은디 군가 소리가 들려브요. 아매 군인덜이 끼니 때우고 나오는갑소. 인자 시간도 없고 딱 한 사람만 더 모실란디 요 마이크 주인 어디 있소? 가두방송자 모란꽃 나와가꼬 마지막 마무리헙시다."

카랑카랑한 목소리로 시내 곳곳을 누비는 가두방송녀 모란꽃이 앞으로 나왔다. 계속되는 방송으로 목은 쉬었지만 걸음걸이는 거칠 것 없이 당당했다. 어렸을 때 웅변을 했다는 모란꽃의 목소리는 골목 구석구석까지 철성으로 파고들었다. 그녀의 당차고 호소력 깃든 목소리는 시민들의 발길을 시위 현장으로 인도하는 결정적 역할을 했다.

"광주시민 여러분! 안녕하십니까? 가두방송자 모란꽃입니다. 화창한 봄날 꽃구경이었으면 좋았겠지만 우리는 지금 최루액을 마시며 공수부대와 맞서고 있습니다. 우리의 무기는 몸뚱이 뿐이어서 군인들의 총칼에 맨몸으로 저항하고 있습니다. 그래서 우리의 저항은 값지며 숭고한 것입니다. 지금 군인들의 만행은 날로 흉포해지고 있습니다. 앞으로 어떤 끔찍한 일이 자행될지 예측하기 어려울 정도입니다. 군인들은 수통에 술을 넣어 마시고 있고, 지휘관들은 더욱 과격한 상황으로 몰아가고 있습니다. 우리는 죽기 위해서 싸우는 것이 아니고, 살기 위해서 싸우는 것임을 명심해야 합니다. 광주시민 여러분! 우리 스스로 우리의 안전을 지킵시다. 공수부대의 만행에 휘말려 우리 스스로 우리의 안전과 목숨을 해치는 행위는 절대 하지 맙시다. 우리는 그들이 말하는 폭도가 아니라 선량한 시민임을 명심해야 합니다. 과장된 소문으로 과격한 시위를 선동하지 말며 사회 질서를 지킵시다. 저들은 지금 우리를 분노케 하여 광주를 폭동의 도시로 몰아가려 하고 있습니다. 우리의 시위가 폭력 행위로 번진다면 저들은 분명히 그것을 명분으로 쿠데타를 합리화하려 할 것입니다. 그 결과는 참혹할 것이며 이 평화로운 광장은 피로 물들고 통곡의 마당이 될 것입니다. 방화나 약탈 기물 파손으로 내 이웃의 안전을 해치는 행위를 삼가고, 시위대에게 붙잡힌 군인들은 절대 해코지하지 말며 좋은 말로 타일러 돌려보냅시다. 우리의 목적은 첫째도 민주주의요 둘째도 민주주의요 셋째도 민주주의임을 명심합시다. 우리의 선한 목적을 선한 방법으로 지켜 나갈 때 우리는 진정한 승리자가 될 것입니다. 분명히 역사는 우리를 위대한 승리자로 기록할 것입니다."

모란꽃의 말이 이어질수록 분위기는 장엄하고 숙연해졌다. 눈을 감고 생각에 잠기는 사람들이 있는가 하면, 고개를 흔드는 사람도 있었다. 저마다 무엇이 옳은 것인지 고심하는 광장은 깊은 우물 속처럼 침잠해 들어가고 있었다.

"자, 여러분! 군인 아저씨들이 또 오셔브렀네요이. 오늘 마당놀이는 아쉬움 쪼까 냉겨 두고 모다 일어나서 힘차게 군인 아저씨덜얼 맞이합시다. 광주시민들, 일동 차렷! 오늘도 전두환이 사냥개 노릇으로 수고하시는 군인 아저씨들께 허리 숙여 인사. 군인 아저씨들! 요라고 인사도 잘 허는디 살살 봐줌서 헙시다이. 자, 모다 애국헐 준비되얐소? 준비되얐으믄 시작덜 헙시다."

스크럼을 짠 시민들이 군인들 앞으로 나아갔다. 파바팡— 최루탄이 쏘아지고 부연 연기가 하늘을 뒤덮었다. 진도 아리랑 개사곡이 사물놀이패의 장단에 맞춰 흥겹게 울려 퍼졌다. 축제인 듯 시위인 듯 분간하기 어려운 함성이 광장 가득 피어올랐다.

세월에 맞서 소설 쓰기

김형중_ 문학평론가

1

누군가, 이미 40년도 더 지났는데 아직도 '오월 소설'을 쓰는 것이 유효하거나 필요한 일이냐고 묻는다면 내 대답은 지금도 앞으로도 항상 '당연히 그렇다!'이다. 정확히는 '세월이 지날수록 오히려 더 그렇다!'인데, 민주주의나 역사의식 운운하는 당위적이고 교과서적인 이유를 제외하고 나면(당위와 교과서적 지식은 우리의 정동을 움직이는 경우가 문학이나 예술에 비해 매우 적다) 그 이유는 딱 두 가지다. 첫째, 바로 (역설적이지만) 5·18이 이제 40년도 더 지났다는 바로 그 이유. 둘째, 여전히 그때의 열흘을 고통스럽게도 현재 진행형으로 살아가고 있는 사람들이 있다는 바로 그 이유…….

2

사실 사료나 지식은 세월을 견뎌 내지 못하는 경우가 잦다. 그간 5·18과 관련하여 각 학문 분야에서 적지 않은 연구들이 수행되어 왔고 1, 2차 자료 또한 제법 축적되어 왔다고는 하나 그것들이 우리에게, 그리고 1980년 이후 태어난 5·18 이후 세대에게 주는 감동은 한강의 『소년이 온다』나 최윤의 「저기 소리 없이 한 점 꽃잎이 지고」 같은 소설 한 편에 미치지 못한다. 나는 지금 내가 전공하는 문학을 특권화하거나 사회학과 역사학 같은 다른 학문 분야를 폄하할 의도로 이런 말을 하는 것이 아니다. 다만 실증적 학문과 문학이 5·18을 (그리고 다른 국가 폭력들도) 기억하는 방식의 차이를 지적하고 싶을 따름이다. 역사학이나 사회학은 5·18과 관련된 '저장 기억'들을 발굴하고 보정하고 축적한다. 문학은 축적된 그 저장 기억들을 '기능 기억'화한다(저장 기억과 기능 기억의 구분은 알라이다 아스만의 『기억의 공간』에서 가져왔다). 즉 기억을 현재로 되불러와 우리들의 정동에 직접 자극을 가한다. 그리고 그런 자극을 우리는 범박하게 문학적 '감동'이라고 말한다. 5·18이 벌써 40주년을 넘겼다는 바로 그 이유 때문에 더더욱, 5·18에 대해 쓰는 작가들이 늘어야 한다는 말은 이런 의미다. 문학은 기억에 대해서는 일종의 부활이니까.

3

게다가 굳이 문학이나 예술의 힘을 빌리지 않더라도, 그날의 기억을 기록물보관소 저편에 묻지 못한 채 여전히 1980년 5월의 어느 순간에 붙박여 사는 사람들이 있다. 그들에게 기억은 여전히 기능 중이다. 그것도 강박적인 형태로, 고통스럽게……. 흔히 (형용모순 같지만) '말로 할 수 없는' 고통에 '말의 형식'을 부여하려는 시도가 바로 '문학'이라고들 말한다. 그렇다면 5·18을 여전히 앓고 있는 이들의 입을 대신해 그 고통에 말의 형식을 부여하려는 시도는 여전히 필요하다. 그런 시도를 일컬어 우리는 '오월 문학'이라 불러왔고, 소설의 경우 임철우·송기숙·최윤·한강·공선옥·김경욱·정찬 같은 작가들로 이루어진 빛나는 성좌를 일종의 문학적 계보로서 확보하게 되기도 했다. 그리고 신작 소설집 『쓸 만한 놈이 나타났다』를 읽어 보니, 손병현이 하고 있는 작업도 바로 그와 같다. 가령 「배고픈 다리 밑에서 홍탁」의 화자는 이렇게 말한다.

> 거그, 학동에서 무등산으로 가는 길목에 배고픈 다리라고 있소. 뭣 땀시 그라고 불렀는지 설이야 많소만은 모다 군더더기 찌끄래기고 '배고픈 다리' 딱 그 한마디믄 되얏소. 나사 걱서 살기는 좀 살았소만, 거그 생각만 허믄 양잿물 생킨 달구 새끼모냥 가심이 보타지고 목구녕이 화끈거려 오금이 딱 달라붙소. 세월이 약이당만 똑 그란 것만은 아닌갑습디다. (32~33쪽)

광주 출신 작가답게 완벽하게 구사된 전라도 입말이 좀 이해하기 어려울 수도 있을 테니 내 방식으로 저 말의 의미를 옮겨 보자면 이렇다. "40년의 세월도 5·18 때의 트라우마를 사라지게 하지는 못해서, '배고픈 다리'란 말만 떠올려도 나는 아직 불안 히스테리 발작을 일으

킵니다." 이 화자만은 아니다. 문제작 「민주유해자」의 홍철은 자살한 동료를 이렇게 기억한다.

　　홍철은 휴- 깊은숨을 내쉬었다. 아파트 베란다를 밟고 올라서는 그 길이 얼마나 멀고 힘들었을까. 필시 그도 술의 힘을 빌렸을 것이었다. 베란다로 떨어져 내린 그는 살아남은 자의 형벌 때문에 환청을 앓고 있었다. 옆집에서 총소리가 들린다며 여러 차례 흉기로 위협해 몇 차례 구속까지 됐었다. 민주유공자에서 민주유해자로 돌변한 그는 주변인들을 수없이 괴롭히다 끝내 자신을 죽이는 방법을 선택했다. 자신이 죽지 않는 한 그 트라우마에서 벗어나지 못하리라는 사실을 그는 잘 알고 있었던 것이다.(19쪽)

　　이처럼 지울 수 없는 트라우마로서의 5·18은 40년이 지난 후에도 한 인간을 강박과 환청의 형태로 사로잡고 놓아주지 않는다. 반복 강박과 불안과 히스테리성 발작과 환청과 분노조절 장애……. 손병현의 소설 속 인물들은 하나같이 그런 방식으로 여전히 기능하는 기억 속에서 비참한 삶을 산다.

4

　　혹자는 말할지도 모르겠다. '고발과 트라우마와 연민' 그것은 오래된 '오월 소설'의 관습이 아니냐고……. 그간 발표된 오월 소설들을 일

별해 보면 일견 맞는 말이기도 하다. 그러나 최소한 손병현의 「민주유해자」를 두고는 그렇게 말할 수 없을 듯하다. 앞서 이 작품을 '문제작'이라 했던 데에는 이유가 있었는데, 제목에서 보듯 이 작품에는 연민을 넘어서는 40년의 긴 성찰 같은 것이 담겨 있다. '민주유공자'가 '민주유해자'가 될 수밖에 없었던 저간의 간난에 대한 작가의 사려 깊은 성찰을 알아보지 못한다면 이 작품의 문제성은 폄하되고 만다. 가령 이런 구절……

> 수많은 5·18구속부상자들이 당시의 상이군인처럼 주변인과 가족의 피를 빨며 사회의 기생충처럼 살아가고 있었다. 세상과 단절한 채 살아가는 구속부상자들 중에는 기초생활수급자로 겨우 연명하는 경우도 많았다. 그러다 마지막은 쓸쓸한 죽음이었다.(17쪽)

사실 40년 동안 5·18 기념 투쟁 과정은 부침을 거듭했고, 보상과 제도화와 구도청 복원과 보훈 등등과 관련된 논란도 적지는 않았다. 세월이 세월인 만큼 많은 일이 있었다. 그리고 혹자는 '기념투쟁기'라고 부르고 혹자는 '이행기정의'라고도 부르는 그 40년 동안, 민주유공자들이 민주유해자들이 되는 경우도 적지는 않았다. 그와 같은 사실들에 대한 정직하고도 성찰적인 기록, 그러나 손쉬운 매도나 비난보다는 그럴 수밖에 없었던 상처의 크기를 부각시키는 사려 깊음, 그런 미덕들이 이 작품을 문제작이게 한다.

5

이른바 'post 5·18'의 정황에 대한 기록들은 다른 작품들(「광수」, 「태극기 아래서」, 「생선매운탕」)에서도 자주 눈에 띄거니와, 그렇다고 손병현 소설의 문제성을 거기로 한정하는 것은 작가에게는 좀 억울한 일일 듯도 싶다. 그의 작품이 종종 자전적인 구술, 혹은 인터뷰의 형식을 띤다는 점에는 주의할 필요가 있어 보인다. 「배고픈 다리 밑에서 홍탁」, 「태극기 아래서」 등이 전형적으로 그런 작품인데(다른 작품들도 대체로 1인칭 화자의 자전적 고백의 형식을 취하는 경우가 많다), 전자는 인터뷰어 앞에서 발화된 인터뷰이의 독백 형식을 취하고 있고, 후자는 작품 후기에서 밝히고 있듯 실제 '오월어머니' 두 분과의 전화 인터뷰를 토대로 썼다. 물론 인터뷰와 독백은 '경험의 형식'이다. 말하는 자의 경험이 고스란히 기록된다는 점에서도 그렇고, 듣는 자에게는 경험의 구체성으로 인해 믿음과 공감을 전달한다는 점에서도 그렇다. (인터뷰이가 믿을 만한 화자일 경우) 구술의 진실성과 진정성은 항상 경험에 의해 담보된다. 그리고 40년이 지난 지금 5·18의 기억에 대해 필요한 것, 그것이 바로 경험에 의해 보증된 진정성이다. 왜냐하면 현재적으로 작동하지 않는 저장 기억이야말로 경험이 삭제된 기억이고, 기능 기억은 항상 경험과 나란히 뒤엉켜 있게 마련이기 때문이다. 소설의 힘이 거기 있을 텐데, 소설 읽기란 타인의 삶을 함께 경험하고 공감하고 그런 행위를 통해 자신의 정동에 영향을 받는 일에 다름 아니지 않던가. 종종 5·18에 대한 경험이 없는 (타지의) 지식인들이 보여 주는 과도한 경탄과 죄의식, 1980년 이후에 나고 자란

세대가 보여 주는 무심함과 의례적인 엄숙함에서 나는 경험이 삭제되고 뼈만 남은 5·18을 보곤 한다. 그런 의미에서 '경험의 형식'으로서의 구술적 글쓰기는 '감정 교육'으로서의 효험을 기대할 만하다.

6

손병현의 이번 소설집에 실린 작품들에서 눈여겨보아야 할 점은 더 있다. 「광장」에서 도드라지는 이른바 '다성소설적 글쓰기' 혹은 '카니발적 글쓰기'가 그것이다. 물론 이 개념들은 바흐친의 것이다. 한 명의 초점 인물에게 모든 발언권과 주도권을 넘겨주지 않기, 인물들 누구나 발화할 수 있고 공히 인정받을 수 있는 민주주의적 상황 만들기, 그리하여 소설 작품이 일종의 난장이나 축제처럼 해방적인 공간을 마련하게 하기 같은 특징들이 바흐친이 말한 바 다성소설의 형식이다. 그런데 흥미로운 것은 저렇게 풀어 쓰고 보니 저 문장들이 마치 바흐친이 명명한 어떤 소설 형식에 대한 설명이라기보다 1980년 5월 (그리고 그 이후로도 자주) 구 전남도청 앞 광장의 상황에 대한 묘사처럼 읽힌다는 점이다. 고대에 사라졌다는 직접민주주의(고작해야 귀족들의 직접민주주의에 불과했다지만)가 부활이라도 했다는 듯, 남녀노소 불문 계급 불문, 누구나 주장하고 선언할 수 있었던 그 광장 말이다. 「광장」은 그런 의미에서 손병현의 소설 형식에 대한 고민이 도드라지는 작품이다. 소설 전체가 광장의 형식으로 씌었기 때문이다. 특별한 주인공은 없다. 특별한 서사도 없다. 누구나 차례차례 자신의 의지에 따라 자신 몫의 발언을 하고, 거기에 완벽하게 재현된 남도 방언이 말에 리듬과 흥취를 부여한다. 그러자 광장도 소설도 카니발이 된다. 왕과 거지의 자리가 역전되고 욕설과 정치적 사변이 난무했다는 그 카니발 말이다. 시위가 축제가 되고 축제가 정치화되는 그 자리를 소설 「광장」은 내용에서만 아니라 형식적으로도 '고안'한다.

7

아마도 몇 마디쯤은 더 덧붙여야 오로지 5·18만을 화두 삼아 쓴 이 소설집에 들인 작가의 노고에 대한 보답이 될 줄 안다. 「광수」에서 작가가 제기하고 있는 지만원 등의 역사수정주의에 대한 비판, 「생선매운탕」에서 제기하고 있는 지역감정 문제 같은 것들 말이다. 아마도 그런 작업들에 대해서는 '5·18의 외연 확장과 입체화'라는 문구가 정도로 적절한 의미 부여가 될 듯도 싶다. 일일이 그 모든 세부들을 점검하는 일은 해설자보다는 독자의 몫으로 남겨두는 것이 현명할 것이란 판단도 없지 않다. 다만 해설을 마무리하면서 나는 이 작가가 부디 오래오래 5·18에 대해, 아니 5·18에 '대해서만' 쓰는 작가로 남아 주었으면 싶다. 문학은 틀림없이 저장 기억화하려는 세월의 힘에 맞서 사건을 기능 기억으로 되돌려 놓을 수 있는 아주 유력한 무기임에 틀림없다. 그 믿음을 작가가 버리지 않기를 바란다.

어느 것 하나 온전히 내 것이 없다. 수없이 많은 타인의 용서와 배려로 나는 지금껏 생을 유지하고 있을 뿐이다. 금번 소설집『쓸 만한 놈이 나타났다』역시 마찬가지다. 보이거나 보이지 않는 숨과 어깨로부터 한 줄 한 줄 뽑아져 나왔다. 5·18 당시의 현장에서부터 현재까지의 그 척박한 역사가 그것을 가능케 했다. 때문에, 아쉬움이 없다. 통곡에서 잔치로 나아갈 수 있다면 그보다 더한 바람은 없겠다.

2021년 봄

손병현

쓸 만한
놈이
나타났다

손병현 소설집

초판1쇄 찍은 날 | 2021년 4월 26일
초판1쇄 펴낸 날 | 2021년 4월 29일

지은이 | 손병현
펴낸이 | 송광룡
펴낸곳 | 문학들
등록 | 2005년 8월 24일 제 2005 1−2호
주소 | 61489 광주광역시 동구 천변우로 487(학동) 2층
전화 | 062−651−6968
팩스 | 062−651−9690
전자우편 | munhakdle@hanmail.net
블로그 | blog.naver.com/munhakdlesimmian
값 12,000원

ISBN 979−11−91277−08−1 03810